경성제국대학 일본어잡지 『청량』 소설 선집

이 저서는 2007년 정부(교육과학기술부)의 재원으로 한국연구재단의 지원을 받아
수행된 연구임(NRF-2007-362-A00019).

경성제국대학 일본어잡지
『청량』 소설 선집

1920년대 『청량』 편

김 욱 편역

역락

차 례

해 제

●

김 욱

경성제국대학 일본어잡지 『청량淸凉』에서 재조일본인의 '조선'상을 엿보다

1. 식민지 한복판의 고등교육기관

경성제국대학(京城帝國大學)은 1924년에 이 땅에 세워진 첫 번째 고등교육기관이다. 여기서 고등교육기관이라고 함은 당시 식민지기 조선에도 몇 학교가 있었던 전문학교 수준을 넘어서, 당시 서구 아카데미의 수준을 따라가기 위해 지식인을 양성하기 위한 방편으로 세워진 교육기관을 말한다. 일본에서 가장 최고의 고등교육기관을 일컫는 제국대학이 식민지에 세워졌다는 사실도 이례적이지만, 이 대학교에 조선인이 입학하여 일본인과 표면적으로는 동등한 입장과 지위에서 공부를 하고 학내활동을 할 수 있었다는 사실이야말로 우리나라 교육 역사에 있어서 중요한 전환기라 칭할 수 있을 것이다. 하지만 그 과정에는 상당한 진통이 따랐다. 당시 식민지 조선에서는 3·1운동의 열기에 힘입어 우리 민족의 힘으로 고등교육기관을 세워 이 땅의 젊은이들을 교육하자는 움직임이 있었고 이것이 민립대학 설립운동으로 연결되어 활발하게 전개되었다. 이에 자극을 받은 조선총독부와 일본의 대학령(大學令)을 관장하는 당국은 이전부터 수면 아래에서 언급만 되고 있었던 식민지 내의 고등교육기관 설립을 서둘렀다. 식민지인들이 그들 스스로 교육기관을 세워 나타날 반향을 생각한다면 자기들의 손으로 대학을 건립하여 그들의 관리 하에 놓아두는 것이 백번 안전하다고 생각했기 때문일 터이다. 그렇게 경성제국대학은 1924년 6월 12일에 공식으로 개교하였다.

하지만 익히 알려져 있다시피 여기에는 몇 가지 문제점이 동반되었다. 먼저 강의는 물론 학내의 거의 모든 활동이 당시의 <국어(일본어)>를 전용하였다는 사실을 거론하지 않을 수 없다. 이는 식민지라는 상황 하에서 어쩔 수 없는 일이라고 생각되기는 하지만, 학내구성원의 3분의 1을 차지하고 있는 조선인 엘리트 학생들의 자유로운 활동에는 제약을 가져다주었다. 물론 그들은 일본어를 능숙하게 구사했지만, 그럼에도 불구하고 그들이 어렸을 때부터 친숙하게 사용해 온 모어(母語)에 대한 열망이나 애착은 단순히 제국 일본이 다른 <외지>를 정복하거나 식민지화하여 <국어>를 강요했던 상황과는 다른 결과를 낳았다. 예를 들어 문과의 조선인 학생들은 『문우(文友)』나 『신흥(新興)』과 같은 한국어 동인지를 만들어 활동하기도 하였다.

다른 하나는 대학 내에서 조선인과 일본인의 차별을 두지 않으려다보니, 역으로 조선인 학생에 대한 존재를 은연중에 은폐하게 되었다. 이를테면 선량한 의도로 조선인을 <국어>를 전용하지 않는 자, 일본인을 <국어>를 전용하는 자로 호명한다든지, 각종 문서에 '조선인'이라는 단어 자체를 사용하는 것을 회피함으로서 차별을 불러일으킬 만한 요소를 사전에 제거하려했던 것이다. 이는 결과적으로 식민지 조선에 세운 고등교육기관이라는 희소성이 가져올 수 있는 여러 가지 가능성을 사전에 차단하고, 그저 일본의 식민지 지배방침을 강화하거나, 조선인 엘리트 학생을 동원해 동화정책을 가속화하려는 일제 당국의 속셈만 부각하는 결과를 낳았다.

이러한 정황은 점차 조선인의 눈에 경성제국대학이 조선의 것이 아닌 일본의 제국주의적 지배방침의 첨병기관으로 비치도록 하였고, 그 결과 해방 후 경성제국대학의 맥락을 이은 서울대학교가 그 뿌리를 부정하고 독립된 교육기관의 역사를 표방하도록 만들었다. 더불어 경성제국대학에서 수학한 한국인(조선인)들은 해방 이후의 메커니즘을 따라 그들의 역사를 가능한 세상 밖에 드러내지 않으려 하였고, 6 · 25 동란을 거친 이후에도 사람들은 경성제국대학이라는 역사를 좋게 기억하지 않았음은 두말할 필요가 없다. 이에 따라 경성제국대학과 얽힌 여러 가지 식민지 조선의 이야기들이 조명받기까지는 꽤 많은 시간이 흘러야 했다.

2. 일본어 잡지 『청량』의 발간과 그 경위

잡지 『청량(清凉)』은 식민지조선에 일본이 세운 여섯 번째 제국대학인 경성제국대학(京城帝國大學)에서 개교 1주년을 기념하여 1925년 5월 18일에 발간되었다. 이후 30호(1941년 간행)를 끝으로 종간하기까지 17년 동안 예외적인 상황을 제외하고 1년에 2번 정기적으로 발행되며 경성제대 예과 간판잡지로서의 역할을 수행하였다. 앞에서 서술한 바와 같이, 경성제국대학은 대한민국 이전의 식민지기에 대한 아픈 기억의 하나로서 자리 잡고 있었기에 경성제국대학에서 나타난 일련의 역사적 움직임은 일부 연구자들의 손에서만 그 명맥을 유지하고 있었다. 그것이 너무나 아픈 기억이기 때문에, 그리고 경성제국대학에 대한 연구가 얼마나 가치가 있을까 하는 의문 때문에 전반적인 식민지 연구 혹은 식민지기 일본어 문학연구를 통틀어, 최근 그나마 활발해진 식민지 논의에도 불구하고 아직까지는 그 전모가 모두 드러나지 않은 상황이다.

그럼에도 불구하고 『청량』이 지니는 역사적, 문학사적 가치는 식민지 시대를 복기하는 근대사 연구에 있어 매우 중요하다. 그 이유로 경성제국대학에는 식민지인과 내지인이 병존하는 혼종의 아카데미즘을 형성하고 있었기 때문을 들 수 있다. 경성제국대학이라는 테두리는 그들이 『청량』에서 엘리트 의식과 교양주의를 통한 동질감 형성1), 식민지인의 편집위원 활동을 통한 적극적인 가담 등을 거쳐 보다 식민자-피식민자의 이분법적 관계에서 탈피하여 <외지>라는 공간을 인식할 수 있는 환경이라는 점에서 특별한 위치를 점하고 있다고 사료되기 때문이다.

이 잡지에는 상당히 많은 조선인들이 참여하고 있다. 이를테면 한국의 근현대문학사에도 자주 이름이 언급되는 유진오, 이효석, 신남철, 최재서 등을 언급할 수 있으며 그 외에도 부정적인 평가

---

1) 윤대석, 「경성제국대학의 학생문예과 재조일본인 작가」, 『동아시아의 일본어잡지 유통과 식민지문학』, 역락, 2014, 178면 참고

를 받은 친일문학가라는 낙인이 찍힌 많은 조선인 작가의 이름을 확인할 수 있다. 우리가 백 년 전에 일본의 제국주의에 의해 식민지 통치를 받은 고통을 기억하고 다시는 그러한 상황에 처하지 않기 위해서는, 그러한 역사의 아픔을 제대로 품고, 그 당시 뼈아픈 역사의 전개과정을 되돌아 볼 필요가 있다. 당대의 촉망받는 조선인과 일본인 학생이 함께 어우러져 문학잡지를 구성하고 나름의 논리를 펼치는 장이었던 『청량』은, 때문에 오늘날 우리가 되돌아 볼 필요가 있는 보고의 장이라고 할 수 있다.

3. '조선'을 생각하는 일본인 그리고 재조일본인(在朝日本人)의 존재

따라서 이러한 취지하에, 본서는 36년간의 식민지 시대의 한복판에 놓인 『청량』의 초기 작품을 번역하기로 하였다. 그리고 그 방향에 있어 『청량』에 실린 조선인 학생의 글보다는, 조선인과 같이 학업을 쌓았던 재조일본인의 존재에 주목하여 그들의 글을 번역하는 것을 지표로 삼았다. 일본인 학생의 소설을 번역하려는 이유는, 식민지 지배를 받은 당사자였던 조선인의 일본어 문학을 살펴보는 것도 의의가 있겠지만, 당시 지배자적 입장에 있었던 일본인의 눈에서 과연 '조선'은 어떻게 비치고 있는가를 한 번 생각할 필요가 있다는 취지에서 비롯되었다. 재조일본인이라고 해도, 조선에서 나고 자란 재조일본인 2세 학생이 있는가 하면, 일본에서 제일가는 제국대학에 입학하기 위해 <내지> 일본에서 <외지> 조선으로 유학을 온 재조일본인 1세라고 할 수 있는 자들도 있을 것이다. 이러한 다층적인 측면을 그들의 소설에서 엿볼 수 있지 않을까 하는 생각이 바로 본서의 번역방침을 정하는 나침반이 되었다.

하지만 식민지 제국대학이라는 특수성은 그들로 하여금 가능한 '조선'을 언급하는 것을 회피하도록 만들었다. 때문에 제1호부터 조선을 문학적 제재로서 활용한 조선인 학생들에 비해, 일본인 학생의 많은 작품들은 조선에 대한 직접적인 언급을 피하고 있다. 이에 특히 제1호(1925년 5월)부터 제8호(1930년 3월)까지의 잡지에서 그들이 체류하고 있는 <외지> 조선을 직접적으로 텍스트 안에 투영하고 있는 네 작품을 주목한 바, 센바 류이치(仙波龍一)의 「진짜 같은 이야기(本當らしい話)」[2], 후추 다카시(府中敵)의 「허덕이다(喘ぐ)」[3], 아라키 규타로(荒木久太郎)의 「주락(凋落)」[4], 사이토 다

---

2) 京城帝國大學豫科學友會, 『淸凉』第4號, 朝鮮印刷株式會社, 1927.
3) 京城帝國大學豫科學友會, 『淸凉』第7號, 朝鮮印刷株式會社, 1929.

케히토(齋藤武人)의 「떠나가다(去って行く)」5)를 번역 대상으로 하였다. 번역 텍스트의 선정에 있어 『청량』 초기 작품 위주로 선정한 것은 두 가지 이유가 있다. 하나는 총서 <제국과 식민지 문화지형> 시리즈가 1920년대에 한반도에서 간행된 일본어잡지를 주요 대상으로 제국과 식민지의 문화가 관련된 양상을 살펴보기 위한 취지를 가지고 있기 때문에 이에 부합하는 방향으로 설정한 탓이다. 다른 하나는 이 시기의 작품이 경성제대와 『청량』의 시작점이며, 1920년대 후반이라는 지점이 일제강점기의 한가운데에 위치하였다는 점에서 먼저 이 시기의 양상을 파악하는 것이 중요하다고 생각했기 때문이다.

자신들이 살아가는 터전을 기억하는 방식과, 일본민족이라는 의식 사이에서 나타난 '조선'은, 여러 지점에서 다양한 방식으로 그 모습을 드러내고 있다. 먼저 「진짜 같은 이야기(本當らしい話)」는 한 일본인 청년이 선량한 자가 고통 받는 원인이 약한 자만을 심판하는 법에 있다고 생각하고 법률의 역할에 대해 물음을 던지고 있는 이야기이다. 이야기의 화자는 아버지의 자선사업 실패로 어머니와 함께 조선에 흘러들어와 재조일본인으로 살아가지만, 조선 땅에서 어머니의 죽음과 중학교 퇴학이라는 더 큰 시련을 겪고 일

---

4) 京城帝國大學豫科學友會, 『淸凉』 第8號, 朝鮮印刷株式會社, 1930.
5) 京城帝國大學豫科學友會, 『淸凉』 第8號, 朝鮮印刷株式會社, 1930.

본으로 돌아와 자본주의에 대한 추종으로 나아가는 소시민의 모습을 그리고 있다. 다음으로 1929년 발표된 「허덕이다(喘ぐ)」에서는 주인공 레이키치(麗吉)가 고등학교 시험에 떨어지면서 고등학교 재시험을 준비하며 겪는 고통을 절절하게 그려낸 작품이다. 이 소설에서는 다른 작품과 달리 조선이 긍정적인 장소, 회귀의 공간으로 나타나고 있는 것이 특징적이다. 제8호에 실린 「주락(凋落)」은 본격적으로 조선이라는 공간을 묘사한 소설로, 이 소설에 등장하는 모든 인물이 조선인이라는 점에서 또한 특별하다. 만석꾼 부자인 이경순과 그의 죽음으로 재산을 가로챈 사위 이경제, 이경순의 첩으로 이경제와 관계를 맺고 있는 사금련이 중심인물로 등장한다. 같은 제8호에 실린 「떠나가다(去って行く)」는 재조일본인 청년의 조선에서의 삶을 직접적으로 그렸으며, 경성제국대학에 다니는 학생 도시오(俊雄)가 재조일본인 여급인 에미코(笑美子)과 만나 벌어지는 이야기를 썼다는 점에서 지금까지 살펴본 소설들 중 내용면에서도 시기 면에서도 완성된 측면을 보여준다.

이 작품들을 접하고 1920년대 당시 어린 재조일본인 청년들의 눈에 과연 '조선'은 어떻게 비쳐지고 있는지, '조선'이라는 공간이 그들에게 어떤 의미인지, 선험적으로 어렴풋이 떠올리고 있는 조선상은 무엇이며, 그들이 직접 피부로 느끼고 있는 조선이란 어떤

것인지를 느낄 수 있다면, 이 소박한 번역서의 의무가 조금이라도
충족되었다고 할 수 있을 것이다.

진짜 같은 이야기

센바 류이치(仙波龍一)

나는 벚꽃과 안개 속에 싸인 요시노야마(吉野山)[1]의 산기슭에서 태어났다. 그 당시 우리 가문은 구스노키(楠木) 본가의 피가 흐르는 명가로, 또한 지방에 위치한 유일한 호족으로서 그 땅의 주민들의 존경을 한 몸에 받았으며, 아버지는 현 의원에도 양손으로 꼽을 수 없을 정도로 많이 당선되었다는 사실을 똑똑히 기억하고 있다. 그러나 아버지는 너무 선량하고 온순하였기에 부모가 물려준 많은 부동산에 이르기까지, 악질적인 이들과 교활한 사람들의 말에 홀려 아무런 쓸모도 없는 자선사업에 참여하거나 의협심에 휘둘려 돈을 빌려주고는 했다. 그리고 내가 13살이 되던 봄, 영예롭던 가문조차 타인의 손에 넘어가고, 집을 팔고 이름을 잃고, 하

1) 나라현에 속한 중부지방의 명산.

늘로 올라갈 사람을 기다리는 길에 공허하게 서서 세상의 도덕이 어긋나 버린 것을 번민하며, 어찌할 바를 모르는 어머니에게 나의 장래를 부탁하며 영원히 잠들고 말았다.

약 1개월 후.

우리는 쓸쓸하게 남겨진 어머니와 두 자식들, 나와 이제 막 천진한 2학년이 된 여동생 이렇게 세 명은 조선 북쪽의 한 도회지에 흘러들어가 그곳에 정착해 집을 빌려 살기로 정하였던 것이다.

다음해가 밝아 내가 14살, 동생이 9살, 어머니의 아름다웠던 얼굴에도 가을이 드리우기 시작한 때였다. 내가 중학교에 수석으로 입학했다는 사실이 일가의 유일한 자랑거리였다. 어머니는 소녀시절에 배워두었던 거문고, 꽃꽂이 실력을 내세워 일을 구했고, 부근의 젊은 여자들이나 여학생들 중 상당수가 우리 집에 드나들게 되면서 괜찮은 수입을 얻을 수 있었다. 한 달에 50원 정도의 목돈을 우체국에 가져갈 수 있게 된 것도 잠시, 내게 있어서 죽을 때까지 잊을 수 없는 사건이 일어나고 말았다.

이미 다츠타히메(龍田姫)[2]를 쫓아낸 초겨울의 찬바람이 낙엽을 정복하기 시작한 어느 날이었다. 내가 배고픈 채로 학교에서 돌아

---

2) 일본에서 말하는 가을을 상징하는 여신.

와 보니 어머니가 보이지 않았다. 그 사실이 그때까지 별일은 아니었지만, 절에서 흘러나오는 저녁 독경이 들려오고 뜰에 선 가로수가 보이지 않게 되었을 때가 되어도 어머니는 돌아오지 않았다.

그 와중에 경찰서에서 무서운 순사가 서양식의 긴 칼인 사벨을 카랑카랑 소리를 내며 찾아와, 어머니는 경찰서에 용무가 있어 그곳에 있으니 혹시라도 오늘 돌아오지 않더라도 걱정하지 않아도 된다고 말했다. 우리들 남매는 대체 무슨 일이 일어난 것인지 도무지 알 수 없었다.

불안하게 하룻밤을 보내고, 다음날이 되어도 어머니는 돌아오지 않았다. 나는 학교를 쉬었다. 여동생은 작은 손으로 식사를 준비했다. 그렇게 마냥 닷새가 지나갔지만, 역시 아무런 소식도 없었다. 그저 가끔 흰 옷을 입은 상냥하고 젊은 순사 한 명이, 과자를 들고 찾아와 울고 있는 여동생을 위로해주곤 하였다. 엿새가 지나고, 긴장한 채로 동생이 울지 않도록 조심했던 나조차도 점점 불안해지기 시작했다. 그리고 순간, 지붕 위에 우수수 떨어지는 낙엽 소리에 떨며, 동생과 함께 훌쩍훌쩍 울었다. 밖에서는 근처에 사는 아이들이 '도둑년 엄마'라고 노래를 부르며 비난하는 소리가 들렸다.

일주일이 지나니, 꽃꽂이를 배우던 여학교 3학년생인 아소(麻生)

누나가 위로를 하러 와주었다. 아소 누나의 말로는, 근처 이웃집 금고에 보관된 돈이 어느 날 도둑맞았다는 것이다. 그 혐의로 어머니가 경찰서에 가 계신 것이라고 했다. 그날부터 아소 누나는 우리 집에 머물렀다. 식사도 차려주었다. 아흐레가 지나자 어머니는 집에 돌아왔다. 그러나 그것은 혐의가 완전히 풀려서 돌아온 것이 아닌, 병 때문이었다.

결코 기억에 없는 죄목 때문에 그런 꼴을 당한 분함과, 집에 남겨진 우리들 남매에 대한 걱정과, 거기에 경찰관의 고문 탓으로 어머니는 돌이킬 수 없을 정도로 건강이 악화되어 있었다. 이역의 땅에서 그것도 의지할 곳도 없는 여자의 몸으로 가족을 이끌어가던 비참한 모습을, 나는 더 이상 적기가 어렵다.

문밖을 나설 수도 없이 종일 병 때문에 고생하는 어머니 옆에 붙어있는 나날이 그로부터 며칠간 계속되었다. 짙게 드리운 안개가 고향을 그리워하게 할 무렵, 어머니는 어느 정도 회복을 했지만 그저 아픔이 소강상태에 들어선 정도였다.

"반드시 훌륭한 사람이 되어주렴. 그리고 사람들로부터 무시를 당하지 않도록 자라 주려무나. 만약 아버지가 살아계셨더라면, 결코 이런 가증스러운 혐의 같은 건 걸릴 일이 없었을 터인데."
라고 말하던 어머니의 모습은, 그저 꿈결처럼 느껴졌다.

24

벚꽃이 지던 즈음, 어머니의 병세는 다시 악화되기 시작했다.

뜰에 새잎이 돋아나기 시작하면서 어머니는 점점 쇠약해갔다. 매미가 모습을 감추기 시작했을 때 이르러서는 위독한 상태가 되었다. 약을 지어가지고 돌아오마. 해질녘의 슬픔을 자아내는 목소리가 얼마나 쓸쓸하게 들렸는지 모른다.

여름방학이 우울과 눈물의 나날로 지나고, 가을이 왔다. 작은 새가 지저귀었다. 나뭇가지는 초가을의 햇볕에 물들고 숲은 풍성하게 빛났다. 강의 여울목은 풍년가를 부르고 물고기가 부평초 언저리에서 노닐었다. 우리들 가족은 이러한 자연으로부터 얼마간 위안을 얻었다.

아소 누나는 매일 어머니를 돌보러 찾아와주었다. 덕분에 여동생도 나도 학교에는 다닐 수 있었다. 어머니의 고통스러운 날들이 얼마간 이어진 후, 결국 두려워하던 마지막 날이 오고야 말았다. 그것은 부슬부슬 봄비가 내리던 밤이었다. 어머니의 침상에는 많은 사람들이 침묵을 지키며 앉아있었다. 올해 막 박사학위를 딴, 사과처럼 붉은 뺨을 가진 기품 있는 선생님도 와주었다. 여동생은 미친 듯이 구슬피 울었다. 아소 누나도 울었다. 모두가 울었다. 나는 그저 벌벌 떨려서 눈물도 나오지 않았다. 왠지 나 자신은 제삼자의 입장으로 서 있고, 이 슬픔은 비극의 무대에서 펼쳐진 모

습을 보고 느껴지는 슬픔이라고만 생각됐다. 하얀 옷을 입은 순사
는 팔짱을 끼고 붉어진 눈시울을 깜빡거리고만 있었다.

불단의 등불이 쓸쓸하게 흔들거렸다. 이렇게 어머니는 잘못된
누명이 풀리는 것을 기다리지 못하고, 그저 솔직히 자백하지 못한
억센 여자라는 오명을 쓴 채로 하늘나라로 갔다.

아소 집안은 거대한 임목사업을 하고 있었다. 어머니 사후, 나
와 여동생은 그곳으로 거처를 옮겼다. 그리고 물질적으로 꽤 행복
한 나날을 보내게 되었다. 집 앞에는 거대한 강이 흐르고 있었다.
모든 것이 맑은 먹빛으로 물들어 있었으며, 돛을 단 조선(朝鮮)식
배가 노랫소리와 함께 사라져가는 모습을 여동생과 둘이서 바라
보며 돌아가신 어머니를 그렸다. 그리고 경찰을 증오했다.

벚나무에 다시 싹이 트는 계절이 되어, 아소 누나는 메구로(目
黑)의 여자대학교에 입학하게 되었다. 상냥한 아소 누나가 사라지
자 나는 한층 우울해져서, 학교에서는 한 명의 친구도 만들지 못
했다. 다른 친구들이 떠들썩하게 놀고 있을 때도 나는 혼자 교사
뒤편에 있는 제방에 올라, 멀리 보이는 산과 하늘의 풍경을 바라
보며 시간을 보냈다. 휘익휘익 하고 운동장 끝에서 반대편 끝까지
가볍게 날아가는 상급생의 창(槍)을 흥미도 없이 바라보며 멍하게

있을 때도 있었다. 하루 종일 말을 한 적이 거의 없을 정도였다. 교실에서도 한 번도 손을 들어 무언가를 해본 적이 없었다. 그저 선생님의 말을 들을 뿐이었다. 그리고 들은 것은 곧바로 잊어버렸다. 종내에는 공부하는 것조차 무의미하게 느껴졌다. 그쯤 되니 나는 교실에서 아무 소리도 들을 수 없게 되었다. 그저 활발히 입을 놀리는 선생님의 입모양만 질릴 정도로 바라볼 뿐이었다. 물론 성적은 쭉쭉 떨어졌다. 그리고 반에서도 가장 열등한 학생으로 취급되어, 입학 당시 수석이었다는 사실조차 스물 세 명의 생도들에게서 잊혀져버렸다.

내 자리는 창가 근처였다. 그쪽 줄은 성적이 나쁜 아이들만 모아서 만든 자리였다. 비가 내리는 날에는, 그저 빗줄기가 떨어지는 모습을 지켜보았다. 뚝뚝 떨어지는 작고 투명한 물방울은 끝도 없이 미끄러지는 눈물처럼 보였다. 그리고 그 음색은 슬프기 그지없어서 울음소리처럼 들렸다. 어떤 때는 미루나무 그늘 아래서 가만히 하늘을 올려다보았다. 하늘색은 파랗고 아름답게 빛났다. 나는 그 빛깔을 보고 있으면 언제나 어머니와 아소 누나가 떠올라서 눈물이 났다.

학교에서 준 주의점만 잔뜩 나열된 통지표를 들고 귀가한 7월의 어느 날, 동경(東京)에서 아소 누나로부터 전보가 도착해있었다. 그로부터 나흘 후, 아소 누나가 돌아왔다. 나는 그때처럼 예쁜 아소 누이를 본 적이 없었다. 유별나게 긴 속눈썹에, 언제나 따뜻한 정이 비치는 것 같은 윤기 있는 눈동자를 가진 눈은, 아직 여자를 모르는 내 가슴을 얼마나 뒤흔들어 놓았던가.

매미 울음소리가 신물이 날 즈음, 니햐쿠토오카(二百十日)[3]가 조용히 지나간 9월 초에, 다시 아소 누나를 여동생과 함께 정거장에서 보내야하는 날이었다.

"난 가고 싶지 않아."

기차가 출발할 때까지 아소 누나는 몇 번이고 그렇게 말했다. 그리고 내 손을 한 번 꼭 잡아주었다. 어쩐지 누이는 울고 있었다.

그 이후, 다음 여름방학, 내가 중학교 4학년생, 아소 누나가 여대 2학년생이 되기까지. 우리 사이에는 간절한 마음을 담은 편지가 왕래했다. 그리고 그해 여름방학, 나는 아소 누나로부터 금단의 과실을 넘겨받았다.

우리 둘은 같은 집에 있으면서도 초저녁이 되면 즐겁게 대화할 장소를 찾아 문밖으로 나섰다. 어떨 때는 작은 동산의 정상에 서 있는 충혼비의 그늘 아래서, 아크등 불빛 아래 모여든 벌레를 쫓

---

3) 일본에서 입춘부터 헤아려 이백 열흘째 되는 날을 기념하는 말. 양력(陽曆) 9월 1일에 해당함. 이때가 되면 남양 방면에서 저기압의 태풍(颱風)이 불어오는 일이 많다고 한다.

으며 노래하곤 했다. 달빛이 은은하고, 절벽 근처의 잔모래가 일렁이며 부초가 촉촉한 냄새를 풍길 때가 되면, 철교 아래에 조각배를 멈춰 세우고 조선인 아이의 피리소리를 듣고는 하였다. 모든 것이 행복해보였다. 연하의 나는 고양이처럼 응석을 부리며 그녀의 품에 파고들었다.

고등학교 시험이 가까워진 18세가 된 해 2월, 나는 아소의 권유로, 잇코(一高)[4]와 와세다(早稻田)에 원서를 보냈다. 아소는 가능하면 와세다에 진학하라고 말했다.

학교 성적은 4학년 1학기부터 올라가, 2학기에는 다시 수석을 차지했다.

계속해서 끓어오르는 행복한 나날에 삼 년 전의 슬픈 기억이 점점 잊혀 갈 즈음, 두 번째 장애물은 그렇게 준비되어 있었다. 아소 누나와 나와의 관계를 안 학교에서 교칙위반이라고 간주하여 무기정학이라는 죄명을 들어 내보낸 것이다. 현명한 교사들은 이런 처분이 막 스타트를 시작한 달리기 선수의 다리를 자르는 것과 같다는 것을 이해하지 못했다. 나는 그 당시의 일에 대해 차마 적을 수 없다. 어쨌든 어머니가 남긴 저금을 찾은 나는, 마치 안개가 낀 곳을 방황하듯이, 망연자실하여 인파의 소리로 시끄러운 동경

---

4) 구 제일고등학고(第一高等學校)의 약칭. 현재 동경대학 교양학부 및 지바대학 의학부, 약학부의 전신이기도 하다.

(東京)의 땅으로 향하고 있었다. 나는 백치인 사람처럼 살았고, 환자처럼 걸어 다녔다. 어떠한 목적지도 없이 바람 따라 구름 따라 다니는 시간을 보냈다.

야스쿠니신사(靖國神社) 앞 동상 아래, 기름칠을 하여 번드르르한 포신(砲身) 위에 걸터앉아 밤새 배고픔과 추위를 원망하며, 정이 두터운 사람이지만 불명예한 채로 죽음을 맞이한 어머니를 그리워하며 울고, 번민하고, 괴로워하며 몇 번이고 죽음을 각오했는가. 이슬이 맺히고 철 냄새가 풍기기 시작할 즈음에는, 별을 세거나 아소 누나를 생각하거나 했다. 또 시바공원(芝公園)5)의 채색된 아름다운 사당에서 푸른 달빛을 쐬며, 멈추지 않는 눈물 속에서 은혜를 원수로 되받은 아버지를 보고 인간에 분노하고, 세상을 원망하고, 인정이 사라진 것에 답답해했다. 이런 미칠 것 같은 생각에 잠길 때 오히려 기분이 나아졌다.

동경에는 숙부가 살고 있었다. 무코지마(向嶋)나 우에노(上野)가 번화하던 무렵, 나는 우시고메(牛込)에 있는 숙부의 집에서 성가신 존재가 되어, 그곳으로부터 마루노우치(丸の內)에 있는 흰 벽돌로된 아름다운 8층 고옥의 미쓰비시(三菱)합자회사에 승강기 운전수

---

5) 현 일본 도쿄도 미나토구(港區)에 있는 공원을 말한다.

로서 통근하게 되었다. 일이 익숙하지 않았던 초반에는 승강기를 지하실 바닥이나 8층 천정에 충돌시켜서 선배에게 비웃음을 샀다. 또 언젠가는 여직원의 발을 밟아서 여자에게 잰 척하던 사원에게 두드려 맞았다. 사환들은 나를 동물원의 원숭이 같다고 비웃었다. 그것은 승강기에 달린 문이 동물원의 철창과 비슷했기 때문이다.

그동안 내 가슴은 밖에서 받은 자극과 내면에서 우러난 욕구에 의해 심란해져서 마치 독수리의 펼쳐진 날개나 사자의 이빨처럼 맹렬한 삶의 의지가 솟아났으며 뱀과 같은 비틀린 집념에 불타올랐다. 가슴속에 타오른 이 억누를 길 없는 열망은, 벗어날 수 없는 작고 약한 내 처지와 밤낮을 가리지 않고 싸웠다. 종래에는 열화와 같은 욕망이 피어올라 끊임없이 이 약한 마음을 다잡아 끝내 굴복시켰다.

어느 날, 눈이 돌아갈 정도의 긴자(銀座) 거리를 헤매듯이 거닌 적이 있었다. 그리고 모든 사람들을 행복하게 하는 점포들의 여러 상품들을 보고 자신의 가난한 처지를 깨닫고는, 내가 매우 불행한 한 사람일 뿐임을 처음으로 깨달았다.

나는 언제나 생각했다. 돈이다. 돈이다! 돈이 없으면 진주와 같은 기교나 보석과 같은 소질도 갖다버릴 수밖에 없는 것이다. 인간의 도덕이 왕관처럼 모셔진 것은 먼 옛날의 일이다. 이제 그런 것은 시대착오적인 유물이 되었다. 모든 인간의 마음을 지배하는 것은 도덕도 아니요, 지혜도 아니며, 사랑도 아니고, 그저 약간의 황금이다. 황금은 세상에서 가장 날이 선 칼인 것이다. 세상을 살아가는 모든 사람을 지배하는 만능의 왕자임에 다름없다.

보라, 황금은 인간생사를 결정할 수 있는 권력까지도 좌우하고 있지 않은가. 명예는 이것을 얼마나 지니고 있는지에 그 표준을 두었고 훈장도 이것을 사용해 만드니, 이렇듯 인생의 가치는 이것에 의해 좌지우지되고 있는 것이다. 황금은 달이다! 태양이다! 신이다! 양심은 돈에 의해 팔리고 관직은 돈을 통해 사며 인재도 학문도 돈으로 구입하거나 팔리거나 하고 있다. 하물며 미인이나 고층건물, 금관 따위야. 바로 돈의 세상에 다름없다. 돈이 없으면 인간인 척할 수도 없는 것이다. 인간의 자격은 날 때부터 부여받는 것이 아니다. 나는 그렇게까지 생각했다. 혹시 이런 내 말에 반대하는 사람이 있다면, 그것은 유신(維新) 시절에 촘마게6) 폐지에 분개하여 할복을 하던 덴포무사(天保武士)7) 같은 자일 것이다.

나는 또한 정당한 노력과 근면 정직한 삶을 통해 황금을 얻던 시대도 무가(武家)정치와 함께 사라져버렸음을 깨달았다.

그렇다면, 어떻게 이런 강력한 황금을 얻을 것인가.

---

6) 에도(江戸)시대의 일본이 남성이 틀어 올린 상투의 한 가지.
7) 에도 말기의 사무라이를 일컬음. 시대에 뒤쳐진 사람이라는 뜻.

죄를 범하라. 법률을 어겨라.

만족할 줄 모르는 인류의 생산력에 의해, 문명의 발달에 의해, 지식의 발전에 의해, 죄악을 판단하기 위해, 법률이라는 나무줄기는 가지를 이리저리 뻗어내고 잎을 세세하게 틔워서 개미 한 마리 드나들 틈 없이 세상을 덮고 있었다. 다만 이곳에 법률을 의심하고 있는 사람이 있다면, 바로 나였다. 법률은 어리석은 죄인, 경미한 범죄자만을 포박하는 오라에 불과하지 않은가. 영리한 자, 강한 자에게 적용하려고 하면 무력하게 꺾여버려지지 않는가, 하고

아니다. 그것 뿐 아니라 강한 자는 죄인이 되어도 금방 이것에서 벗어나버리고, 약자는 선량한 사람이라 하더라도 이것 때문에 눈물을 흘리는 일이 세상의 다반사임을 질리도록 보지 않았는가. 나도 어머니와 같은 처지가 되지 않으리라는 법은 없다. 게다가 국민의 환호를 받으며 영광의 삶을 살고 있는 대신(大臣)들의 경력을 보라. 착탄 중의원(着炭代議士)8) 따위를 뽑는 국민들의 심리를 보라……

또 네거리 앞에 홀연히 서 있는 고층건물들을 보라. 비단 옷으

---

8) 후쿠오카의 탄광 사업가이며 중의원 의원을 지낸 이토 덴에몬(伊藤伝右衛門, 1861-1947)의 다른 이름. 문맹이라 착탄(着炭)이라는 말을 목적지에 도착한다는 뜻으로 생각하여 (원래는 석탄층을 파냈다는 의미) 사용한 탓에 착탄 중의원이라는 불명예스러운 별명이 붙었다.

로 꾸민 꽃 같은 용모의 여인들을 보라. 이들 모두 지혜로운 죄인. 강력한 법률위반자가 창조한 세상에서 소위 말하는 귀중한 것들에 다름없지 않은가. 어떠한 죄도 지혜로운 수단을 통해 저지른다면 결코 부끄러운 입장에 처하지 않아도 된다. 어떤 법률이라도 강력한 의지를 가지고 거스른다면 도리어 세상의 명예를 손에 넣을 수도 있는 것이다. 이미 생기를 잃은 강단 위에서 모기소리처럼 앵앵 울려 퍼지는 선(善)의 목소리, 부서진 책상 위에 절박한 등불처럼 꺼질 듯이 타오르고 있는 정의(正義)라는 문자를 똑똑히 보아라.

빨강도 파랑도 녹색도 황색도 모두 정복해버리는 감색(紺色)이 법률이라면, 죄악은 그 감색마저 정복할 수 있는 검정색인 것이다.

내 뒤틀어진 생각은 음지에서 자란 나팔꽃 덩굴처럼 뻗고 뻗어 나가 오늘날에 이르렀다.

이러한 감상은 신념이 되어 결국에는 행동으로까지 나아가게 하였다.

선량한 약자였던 무고한 어머니를 붙들어 맨 법률을, 내가 죄악을 저질러서라도 비웃어 주리라.

비가 바람에 흩날리고 천둥이 심하게 치던 어느 날 밤이었다. 나는 전날 금고에 입고된 삼만 엔을 스스로도 놀랄 만큼 대담하게 하룻밤 도적이 되어 훔쳐내서, 떨리는 가슴을 진정시키며 어지러운 머리를 단단히 싸매고 아소 누이가 살고 있다는 하숙집을 처음 방문했다.

아소 누이도 처음에는 놀란 가슴으로 공포에 떨며 슬퍼했으나, 결국 고리짝 두 상자에 내가 가져온 것을 가득 담아 넣고 그녀의 고모를 의지하여 오가사와라(小笠原)9)로 떠났다.

다음 날, 나는 태연한 얼굴을 하고 가련한 내 직장에 종사하기 위해 회사에 출근하였다. 사건은 대단한 파장을 가져다주었다. 회사는 이리저리 달리는 사람들의 발소리, 소문을 나누는 사원들의 목소리로 가득 찼다. 그리고 나 자신도 예상보다 엄청난 아수라장이 된 꼴을 보고 돌이킬 수 없는 후회를 떨며 이겨내려 했다. 나는 어디까지나 법률과 싸우기 위해 결단코 법률 때문에 떨지 않겠다고 각오를 다진 바 있지만, 이제 겨우 열여덟 살이 된 소년인 나로서는 도무지 태연자약하게 그 소란스러운 풍경 속에서 있을 수 없었다. 홀연히 다리를 승강기 쪽으로 옮기다 그 사이에 끼어 버리고 말았다.

그런데 이 상처가 내게 있어서는 지극히 다행스러운 일이었다.

---

9) 동경도에 편입된 일본열도에서 약 1000킬로미터 떨어진 섬들을 일컫는다. 정식 명칭은 오가사와라 제도(諸島). 원래는 부닌지마(無人島)로 불리며 보닌제도(Bonin Islands)라는 영문 별칭이 있을 정도로 본토와 거리가 먼 무인도였다.

나는 회사가 지급한 돈으로 즉시 병원에 입원하였다. 그리고 그 아수라장의 중심에서 벗어날 다른 구실을 대지 않고도 병원 한 구석에 피신하여 조용히 보낼 수 있게 되었다.

한 달이 꿈결처럼 지나갔다. 다리의 상처도 나았고 아소 누이도 돌아왔다. 악행을 성공적으로 마친 나는 마음속 깊은 곳에서 법률을 깔보며, 승리의 기쁨을 감추지 못하고 환호의 목소리가 터져 나왔다.

경관의 군화소리에 함부로 떨리는 몸을 태연한 척하며 다잡는 일련의 평정심을 일 년 동안 터득하게 되었을 때, 나는 이제 하늘조차 똑바로 올려다보며 다닐 수 있는 스스로가 비열한 놈이라고도 애처로운 놈이라고도 생각되었다.

공원의 마을, 잠이 잘 오는 마을, 그리워할 수밖에 없는 나라(奈良)의 땅에, 장엄한 석조가옥이 한 채 서 있다. 그것은 현 내에서 제일 유덕한 사람이자 온후한 자의 거주지였다. 반짝반짝 정비된 자동차는 포근하고 넓은 정원 앞뜰에 놓인 자갈을 미끄러지듯 달렸다. 그의 재산을 두고 어떤 이는 백만 엔 정도가 된다고 했고, 또 어떤 이는 오백만 엔은 된다고 했다. 그는 오사카와 교토에, 그리고 다른 일본 내에서도 유수한 병원을 소유하고 있었다. 더불어

나라에서 권위 있는 여학교를 설립하기에 이르렀다. 그에 대한 신망은 매우 두터워 현 지사(知事), 경찰부장, 사법관에 이르기까지 경의를 표할 정도였다. 그럼에도 그는 법에 대해서는 항상 비웃는 사람이었다. 그 인물은, 강렬한 의지와 기교, 재능을 통해 법망을 피해 다니며 부정을 일삼고, 이를 통해 번 돈으로 학문을 시작하고 양심을 베풀며 여러 것들을 손에 넣게 된, 나 자신이었다.

오늘도 나는 여학교 교장의 초대를 받아 자동차를 타고 학교로 향했다. 교내에는 교장을 필두로 교직원들이 대단히 긴장한 표정으로 나란히 정렬해 서서 나를 맞이해주었다. 사환은 고귀한 분을 영접한 것처럼 조심스럽게 내 신발을 정돈했다.

강당에는 물을 끼얹은 것처럼 조용한 채로 학생이 가득 차 있었다. 내가 들어오자 여학생들의 머리는 익은 벼처럼 숙여졌다.

나는 아무렇지도 않게 생도들에게 정의를 설파하고 인도를 가르쳤다. 진지한 태도로 정직을 권하고 부정불의를 꾸짖었다. 더욱 진지한 태도로 불의를 통해 얻은 부귀는 뜬 구름과 같은 것이라고 역설했다. 그러나 나는 결코 마음속으로부터 정의나 인도(人道), 선행에 고취되지는 않았다. 그저 이러한 말을 진지하고 열성적으로 늘어놓는 것이 내게 있어 목적을 달성하는데 유익한 방법이라는 것을 알고 있을 따름일 뿐이다.

보라, 눈을 반짝이며 듣고 있는 이 청중을!

내 목적은 훌륭하게 달성했다. 내가 간절히 기다리던 때가 드디어 오고야 말았다. 내가 부정한 수단을 통해 얻은 삼만 엔을 자유롭게 사용해도, 약한 인간의 죄악만을 벌하기만 하는 것처럼 보이는 법률은, 그저 '무죄'라는 왕관을 씌우고 기세를 올려주었으며, 우연히 얻은 행운은 나에게 그것을 더욱 무력하게 만들어주었다. 검은색은 감색을 정복하고, 나아가 백배의 재력을 만들어내었다.

사람이 얼마나 많은 재보를 가지고 있다고 하더라도 마음대로 손에 넣지 못하는 것이 하나 있다. 그것은 여심이었다. 하지만 내게는 그것마저도 쟁취할 수가 있었다. 모두가 우아하고 아름답다고 생각하는 재색을 겸비한, 그것도 내 첫사랑인 아소 누이가 그녀의 애정과 정숙함을 내게 쏟아준 것이다. 대체 어디에 이 이상의 화려하고 달콤한 성공이 있단 말인가. 나는 고래가 날개를 단 것 같은 심정으로 만족함을 금하지 못했다.

사랑하는 아내와 함께 나는 서른다섯 살의 봄을 맞이했다. 이미 내게는 앞에서 이야기한 것처럼 모든 것이 행복해보였다. 올해 내가 목표로 하는 지위는 귀족의원의 자리였다. 아아, 선량했던 아버지여. 정직했던 어머니여. 나는 출세하였소 그리고 복수를 끝냈소이다. 내 앞에서는 하늘의 순리마저 움츠려버리지 않는가. 나는 하등 양심의 가책을 느끼지 못하는 이 마음을 이제 어찌할 도리가 없었다. 왜냐하면 내게는 인간이 만든 법률이란, 인간에게 얼마나 이기적이 될 수 있는지를 요구하는 수단처럼 보이기 때문이다. 해로운 벌레는 죽이고, 이로운 벌레는 도와준다. 해로운 벌레란 무엇인가. 이로운 벌레란 무엇인가. 그들의 본능이 불행하게도 인간에게 불이익을 가져다주고 있기 때문에, 많은 생물이 불명예를 뒤집어쓴 채로 죽어나가고 있다. 인류는 이 지구를 마치 자신들이 창조한 것처럼 자기들 이외에는 어떠한 권리의 침해도 용서하지 않았다. 그리하여 가장 가증스러운 '사형'이라는 형벌을 통해, 죄도 없는 가여운 것들을 학살하고 있지 않는가. 그리고 자신들의 생활상에 이로운 것들만을 살려두고 있다. 인간은 당연하다고 생각되는 일에는, 그 행동이 아무리 나쁜 것이라 해도 그 어떤 양심의 가책도 받지 않는 것이다.

만약에 지구를 신이 우리들 생물에게 내려준 하나의 토지라고 생각해보면, 인간도, 개도, 뱀도, 모기도 '거주'라고 하는 똑같은 권리를 같이 누려야 한다. 그럼에도 불구하고 인간은, 미국인이 그러하듯이 세계애(世界愛)를 주창하면서도 상하이(上海)의 공원에 '개와 중국인은 출입금지'라고 써 붙이는 부끄러운 줄 모르는 행동을 아무렇지도 않게 하고 있다. 자신과 달라 보이는 것을 배제

하는 치외법권을 굳이 만들어가는 인류만이, 도덕을 만들고 예의를 설파하고 있는 게 아닐까.

그들은, 타오를 것 같은 찌는 더위 아래서 몸을 태우고 땀을 흘리며 일한 꿀벌의 꿀단지를 빼앗으면서도 평온한 얼굴을 하고 있지는 않은가.

오늘도 조용한 이 마을을 복잡하고 소란스럽게 만드는 일련의 행렬이 있었다. 그것은 올해의 가문 날씨를 감안하여 앞으로 2년간의 소작료를 면해준 나의 덕을 칭송하며 기뻐하는 소작인들이었다.

보라! 이 영광을, 이 권력을, 신망을. 나는 영원히 약자나 어리석은 자만을 벌하는 감색의 법률을 비웃을 수 있을 것이다.

* 城帝國大學豫科學友會, 『淸京』 第4號, 朝鮮印刷株式會社, 1927.

허덕이다

●

후추 다카시(府中敞)

1

"걱정하지 마라. 내일 어머니가 그쪽으로 갈 것이다."

아버지 세이조(淸藏)가 친 전보를 손에 들고, 레이키치(麗吉)는
또 무거운 기분에 눌렸다. 4학년 때 한 번 있는 시험에서 낙제를
받았으니 대체 언제쯤 되어야 밝은 세계로 떠오를 수 있을까. 그
렇게 생각하면 스무 살이나 되었으면서 생활력도 없고 기개도 없
이 부모의 도움을 받아야 하는 몸이 애처롭게 생각되었다. 특히나
안타까운 것은, 만에 하나 벌어질 일에 대해 사전에 생각조차 하
지 않았다는 사실이다. 결국 잘 안 되었다고 알게 되었을 때, 눈앞
에 닥쳐온 방랑생활 정도를, 그저 막연하게 머릿속에 떠올릴 뿐이

었다.

 지난 3월, 그는 곧바로 조선(朝鮮)에 있는 집을 나와 가나자와 (金澤)의 변두리에 살고 있는 큰이모부 댁으로 향했다. 거기서 그는 이층에 있는 8첩의 방을 점령했다. 당장 갈아입을 옷을 넣은 수화물을 4첩의 으슥한 곳에 정리해두고 책상은 잠자리 옆에 두었다. 그날부터 시험이 끝날 때까지 스무날 동안 레이키치는 계속 그곳에 앉아 있었다.

 그동안 날씨는 오락가락했다. 맑은 날이 이어진다 싶으면 어느새 눈이 헤아릴 수 없을 정도로 많이 내리고 있었다. 그러다가도 정신을 차려보면 진눈깨비가 날렸다. 처마 끝에 빗줄기가 툭툭 떨어지는 소리가 온종일 끊임없이 나던 적도 있었다. 밖에서는 눈이 녹아서 고인 물이 도로에 넘쳐났고 자전거는 양쪽으로 물보라를 내며 달리고 있었다. 장화를 신은 남녀가 그 사이를 지나갔다. 5월의 날씨는 변덕스러운 비만큼이나 변화무쌍했고 습기 찬 공기가 방 안에 가득 흘러들어왔다. 때문에 기분은 마치 그 날씨에 따라가는 것처럼 아침이 와도, 전등을 켜도 별로 밝아지지 않았다. 어둠이 끈질기게 방안에 흘러 들어와서 더운 공기가 불붙은 것처럼 푹푹 찌는 열기를 내었다.

"참을 수가 없어!"

그런 비슷한 말을 몇 번이고 내뱉었다. 화창하게 맑은 조선의 기후에 익숙해진 레이키치에게는 이런 습기 찬 날씨가 너무도 적응하기 힘들었다.

시험을 치르는 와중에도 매일 눈이 내렸다. 그는 진창 속을 걸어 시험장을 빠져나왔다. 시험 성적에 대해서는 꽤 자신이 있었다.

시험이 끝나자 오히려 날씨가 좋아졌다. 그는 그로부터 시험 결과가 나올 때까지 지극히 느긋한 마음으로 기다렸다. 과연 화살이 목적지에 도달했는지 알 수는 없었지만 말이다.

한가할 때는 유원지에 놀러가거나 온천에 들리거나 했고, 밤이 되면 영화관을 기웃거리거나 그것도 질리게 되면 라디오 채널을 이리저리 돌려보고 두 살 어린 친척 여동생인 야치요(八千代)와 히나단(雛壇)[1] 만들기에 심취해보기도 하였다. 그런 끝에 큰이모부의 배려로 야치요와 함께 세 명이서 온천 여행을 가게 되어 사오일 간 그곳에서 머물렀다. 시험 결과에 대해서는 매우 낙관하고 있었다. 허나 그것은 자신의 오산으로 비롯된 생각이었으니……. 돌연 발표가 났다. 그는 극도로 긴장했다. 백부가 친 전보용지를 보자마자, 그것을 오른손에 쥔 채로 머릿속이 하얗게 되어 집을

---

1) 히나마쓰리(ひなまつり, 일본 전통 가정행사로 여자아이의 무병장수와 행복을 비는 축제)에서 인형을 진열하는 단을 일컬음.

뛰쳐나갔다.

"4고(四高)[2]는 틀렸다. 어떻게 할래."

2

4월 하고도 열흘이 지나자 40년만의 대폭설도 마을 곳곳에 잔재를 남기며 스러졌다. 날씨도 점차 안정되어서 드디어 봄 냄새를 풍기는 흰 구름이 푸른 하늘에 떠다니게 되었다.

그때도 아직 레이키치는 어떠한 활동도 하지 않았다. 얼마간 떨어져 있었던 책상 앞에 다시 앉아 보았다. 하지만 역시 참고서나 교과서 같은 것은 손에 잡히지 않았다. 이것들은 다만 어수선하게 책상 위에서 격렬한 폭풍처럼 지난 일을 이야기하는 물건에 지나지 않았다.

"서두르기보다는 머리를 식히는 것이 더 나을지도 몰라. 어찌됐든 일 년은 기다릴 수밖에 없는 노릇이니……."

큰이모부는 그렇게 말하며 잠깐 머리를 식힐 것을 권했다. 그렇지만 그는 마을 밖으로 나가 사람들의 얼굴을 마주하는 것은 마음

---

2) 제4고등학교는(制第四高等學校)는 1887년 4월 가나자와에 설립된 관립고등학교였다. 약칭은 4고

이 내키지 않아 자연히 이층 방에 틀어박히게 되었다. 어머니의 언니에 해당하는 큰이모는 고타쓰를 방 한가운데에 두고 간식 같은 것을 가져다주었다.

어머니는 밤낮으로 달려 그를 찾아왔다. 그가 의기소침해서 혹시라도 돌이킬 수 없는 실수를 저지르지는 않을까, 그런 생각이 흔들리는 기차나 배 안에서 끊임없이 들었다. 그의 비관은 자신감에 비례하여 대단히 컸다. 다만 레이키치는 본래 낙천적이었기 때문일까, 한번도 염세적인 방향으로 나가려 하지는 않았다. 그렇긴 하지만 기운을 회복하지는 못했고 그의 마음은 명랑함을 점차 잃어갔다. 책상에 턱을 괴고 있거나 고타쓰에 엉덩이를 들이민 채로 끝없이 잡지를 읽었다. 그리고는 꾸벅꾸벅 졸았다. 그저 식사할 때에만 계단을 내려왔다. 즐겁지 않은 나날이 빨리도 흘러갔다.

"아무래도 깊이 상심해있는 것 같은데 어떻게 해줄 방도도 없어……. 조금만이라도 밝은 기분으로 돌아와 주면 좋으련만."

어머니와 큰이모가 고타쓰를 둘러싸고 이야기하고 있는 것을 그도 결코 못들은 체 할 수는 없었다.

"그게 발표되기 전까지는 이리저리 뛰어 돌아다녔는데."

큰이모의 말은 거기까지였다.

"레이키치! 어떠냐. 온천을 가는 건."

우울한 나날을 보내고 있던 어느 날 밤 저녁식사 자리에서 큰 이모부가 그렇게 물었다.

"온천이라. 안 갈래요."

차츰 시간이 지나자 슬픈 기분도 점점 옅어져갔다. 중학교 4학년 시절에 품었던 시나 소설에 대한 열망이, 오랜 수험생활의 밑바닥에서 허덕였음에도 또다시 슬슬 피어오르기 시작했기 때문일지도 모른다. 그는 들뜬 기분을 부정하려 했다. 그리고 필요 이상으로 치장된 퇴색되어가는 열정을 슬퍼하면서도 이 섬세한 감정을 모른 척했다. 이러한 생각이 강렬히 머릿속을 지배하게 되자, 역시나 열정에 대한 애상은 멀리 달아나 영문 모를 우울함만이 고인 물처럼 머릿속에 남아있게 되었다.

시험을 치르는 중에는 잠시 멀리 떨어져 있었던 야치요가, 이제는 이층에 올라와 그의 말상대가 되어주었다. 문득 정신을 차렸을 때에는 그녀가 하교하기만을 기다리며 이층에서 시간을 보냈다. 그는 야치요를 통해 느껴지는 큰이모부 부부의 주도면밀한 배려와 애타적인 사랑에 감상적인 기분이 되어 감사한 마음을 품었다. 그렇게 상처와 우울의 포로가 되어있을 동안 뜨거운 여름 공기가 점점 옅어졌고 양기가 회복되었을 즈음엔 슬슬 밖으로 다니는 사람이 늘어나게 되었다. 그곳에는 건강한 젊은이들이나 비슷한 나이의 여자아이들이 많아서 활발함을 더하고 있었다. 하쿠산(白山) 산줄기에는 아직 흰 눈이 녹지 않았지만 그 주변에 산등성이들은 모두 깔끔한 모습을 하고 있었다.

그는 미닫이문 아래에 책상을 꺼냈다. 뒤뜰에 흐르는 강의 물줄기가 이층까지 울려 퍼졌다. 상당한 길이를 자랑하는 강은 유속이 빠르고 물높이도 평소의 배 이상이었다.

책을 책장에서 꺼내 보아도 길게 읽지 못하고 피로가 금방 찾아와서 중간에 펼쳐놓은 채로 엎드리는 것도 하루에 몇 번이고 있었다.

어쨌든 이때 당시의 생활은 참 생기가 없었다. 마음은 자신감을 잃어 위태로웠고 정신은 그저 괴롭게 허덕였다.

3

졸지에 아무런 생각도 없이 그렇게 애매한 석양을 기다리는 나날이 계속되고 어느새 근처는 벚꽃으로 물들었다. 강 너머 산자락에 조성되어있는 소나무 숲이 약간의 꽃에 둘러싸여 보이기 시작했다. 쾌청한 날이 계속되었다. 희한하게도 구름이 낀 날에도 햇

빛에 하얗게 빛나는 맑은 날이 계속되었다. 뒤뜰에 놓인 강은 변함없이 불투명한 빛을 띠고 물가를 적셨고 감색하늘을 비추며 흘러 내려갔다.

"나는 올해는 꽃구경을 하지 않을 거야. 이런 기분으로 꽃구경은 할 수 없으니까……"

큰이모부의 권유도 거부하고 레이키치는 역시 이층에 진을 치고 있었다. 그는 이층을 동물원의 우리로 간주하였다. 하루에도 몇 번씩 서성이거나 왔다 갔다 하거나 돌출된 창문에 걸터앉아 밖을 바라보곤 했다. 왠지 눈에 보이지 않는 힘으로 속박되어있는 것처럼 이층을 벗어나는 건 불가능해 보였다. 밖에 나가는 일은 무서운 정도가 아니라, 마음을 엉망진창으로 부수는 두려운 일이라고까지 생각됐다. 그럼에도 불구하고 어머니는 사정을 알고 있기 때문인지 별로 그의 생활에 간섭하지 않았다.

그는 꽃구경을 피해 거의 속옷 차림이 되어 흙벽으로 된 광에 들어갔다.

큰이모부는 선조로부터 간장 사업을 가업으로 물려받았다. 장대한 아들이 두 명이나 있기 때문에 적은 고용인으로 소소하게 장사를 했다. 전기모터가 간장을 만드는 것을 도왔다. 매우 바쁜 일이었다. 단골손님도 많았고 된장간장도 취급하면서 나무통은 계속

늘어만 갔다. 누룩은 우리에 담겨진 채로 광으로 들어갔다가 다시 또 그 광에서 밖으로 옮겨져 나왔다.

그는 이 누룩의 광을 피난처로 생각하였다. 광 안은 난로에 의해 더운 온도를 유지했고 지붕은 낮았으며 습기는 싫을 정도로 질퍽질퍽하였고 누룩의 숙성과 함께 피어나는 냄새가 전신을 덮쳐왔다. 그렇지만 이 움막에서의 생활이 그는 즐거웠다. 그곳은 지금 그가 놓인 환경과 대단히 닮아있었기 때문이다. 천장에 작은 창문 하나만 달려있어 온통 어둠뿐이었다. 또 그곳에는 모멸감을 느낄 수 있을만한 것이 없었기에 마음에 들었다.

하지만 레이키치의 약한 신체로는 그곳에서 길게 머물 수 없었다. 음침한 이곳은 그의 마음과 반응하여 친밀감을 형성하고 있었다. 세간의 차가운 시선 같은 것이 없었기 때문에 그곳으로부터 나오게 되면 푸른 하늘을 올려다보며 크게 한숨을 쉬었다. 학대당한 정신을 내다버리려는 듯이……

"내일은 일요일이구나. 어디로 놀러가니?"

마침 찾아온 야치요를 붙잡으며 그는 슬며시 짓궂은 질문을 던졌다.

"그러게. 별로 어디 갈까 생각해 본 적은 없지만."

하고 야치요는 눈을 깜빡거리더니

"레이키치 오빠는?"

라고 물으며 약간 안색을 살피는 기색으로 그를 보았다.

"아무데도 안 가, 물론."

퉁명스럽게 말한 그 순간, 그녀는 강한 어조에 깜짝 놀라 말했다.

"나도 어디 안 나가."

"어디든 다녀오는 게 좋지 않아?"

"별로 놀고 싶진 않아."

"나는 내 맘대로 안 나가는 거니까 넌 사양하지 말고 나가봐도 돼."

무거운 그의 마음은 어머니나 그녀에게 주로 화살이 되어 날아갔다. 자신의 우울을 다른 사람에게 전염시키고 주변을 어렵게 만들며, 상대방이 자신에게 강하게 대하지 못하는 것을 보고 마음의 위안을 얻었다. 그는 자신의 비열함에 혐오가 밀려왔다.

그렇게 말하기는 했지만 오후에 친구들이 놀자고 유혹하자, 그녀는 총총히 집을 나섰다. 벽장에서 노란색의 화려한 옷을 꺼내어 입고 경쾌한 걸음으로 빠져나갔다. 친구들이 부르니 어쩔 수 없다는 말을 그에게 남긴 채로.

그는 애늙은이처럼 스스로에게 말해보았다.

"무리도 아니지. 누를 수 없는 젊은 피가 소녀의 혈관에 이리저리 흘러 다니고 있을 테니까. 한창 즐거울 때지."

그리고 그는 가장 확실히 스스로를 이해해줄 수 있는 사람은 자기 이외에는 아무도 없다고 생각하며 쓸쓸한 체념을 가슴속에 되뇌었다.

4

단조롭고 변화도 없는 생활도 이윽고 권태를 맞이했다. 난간이나 침상에 걸린 산수화 족자나 청자 같은 것도 그가 움직이지 않으면 아무것도 변하지 않기에, 모두 질려버린 날이 온 것이다.

"들판에 좀 나갔다 오자."
라고 말하며 그는 야치요를 재촉해 뒤뜰에 있는 논으로 나가자고 유혹했다. 이제 활력 있는 삶으로 내일모레에는 돌아가야 하니, 라고 말하며 야치요에게 있어서 조카에 해당하는 오빠의 아들을 등에 업고 집을 나섰다.

위태위태하게 늘어선 집들을 열 채 정도 지나 거기서 오른쪽으로 꺾어 들어가 근처에 걸려있는 나무다리를 건너니 들길이 나타났다. 철도 신호등을 지나자 드디어 들판이 눈앞에 펼쳐졌다. 제

방을 따라 강변으로 내려갔다. 강변에 부는 미풍에 야치요의 머리 카락이 미세하게 흔들렸다. 눈이 높게 쌓이던 이곳은 지금은 완연히 봄기운을 띠었다. 해는 아직 높게 떠있고 동쪽 산자락이 희게 어른어른 보였다. 넓은 들판을 가로질러 놓인 철도레일이 이웃도시와의 경계를 긋는 산기슭까지 멀리 뻗어있었다.

"멋지네. 여기까지 오니까."

그는 그렇게 말하며 인적이 없는 시골길을 새삼 들뜬 기분으로 바라보았다. 이전에도 이렇게 한적한 광경에 마음을 빼앗긴 적이 있었지만 – 아마도 그것은 날 때부터 – 갖고 있었던 자연에 대한 심미안이 예술작품을 통해 길러졌기 때문이리라 – 이렇게나 마음에 든 적은 한 번도 없었다. 착 가라앉은 마음으로 걷고 있으니 옛 상처가 아리는 것처럼 다시 여러 가지 어지러운 추억들이 회상되었다.

"드디어 내일 출발인가."

감상적인 말이 입에서 흘러나왔다.

"나도 같이 다시 한번 가보고 싶어. 수학여행으로 가면 별로 돌아보지 못하니까."

"데려갈까?"

"진짜 가고 싶긴 한데."

"돌아갈 때에 혼자 돌아갈 수만 있다면 뭐. 와도 방해는 안 되니까 따라와도 돼."

하고 꽤 농후해진 서쪽 하늘을 바라보며 말했다.

"그렇게 가고 싶다면 나처럼 시험보고 떨어지면 돼."

"……."

뒤돌아보는 야치요를 보고 레이키치는 또다시 쓸쓸한 기분이 들었다.

"자포자기하지 말고 착실히 일 년 공부해봐. 내년에는 괜찮을 거야. 내가 기도해 줄게."

"이제 괜찮아. 한 학교에 두 번이나 떨어진다면. 이 이상 더 부끄러운 게 있을까……."

"어머, 그렇지 않아. 몇 번이고 시험을 치르는 사람들도 꽤 있어."

그는 야치요의 등에 업혀 시치미를 떼고 있는 아이를 보고 손을 뒤에 얹어 업으려는 시늉을 했다.

"자, 이번에는 형이 업어주마."

그는 이 아이를 상대하며 시험 발표를 기다리던 때를 떠올렸다. 내일 정도면 발표가 나겠지, 하며 지내던 시절은 이제 없었다. 몇 번이고 학교에 전화를 해보아도 일체 알려주는 법이 없어서, 이제

나 저제나 하고 출산을 기다리는 것처럼 합격발표를 기다리며 지내던 시절은 마음속에서 사라졌다.

"안 된다는 것을 알았다면 차라리 포기할 수 있어서 마음이 편했을 텐데."

낙담하며 그는 그렇게 말했다. 그때부터 쭉 그는 이 작은 아이와 놀아주었다. 어린 아이는 바보처럼 떠들다가도 갑자기 볼을 부풀리고 입을 다물었다. 체면 같은 것을 차리지 않는 아이가 친숙하게 여겨졌다. 언제 다시 이 아이를 만날 수 있을지는 모르지만 아마도 녀석이 장성했을 때쯤이겠지. 이렇게 말하는 지금 그는 입학할 예비교(豫備校)[3]가 결정된 상태였다.

"형은 멀리 떠날 거야. 다시 언제 올지 모르겠지만 그때까지 잘 자라있으렴."

그는 아이를 향해 손을 과장스럽게 펼쳐 보였다. 문득 작년 어느 날 저녁, 갑자기 격렬한 지진이 일어났을 때가 생각났다. 아이는 모든 사람들이 당황하고 집 밖으로 뛰쳐나가던 때를 천진하게 짧은 혀로 물었다.

"모두 도망가면서 뭐라고 말했어?"

"아아, 무서워."

---

3) 일본 쇼와시대 이전에 대학 각 학부에 진학하기 위한 예비 교육을 하던 학교.

그렇게 그는 지금 이 가나자와로부터 도망가는 것이다. 정확한 목적지도 없이.

"이제 슬슬 돌아갈까."

서쪽에 진 노을이 한층 발갛게 달아올랐다.

5

"레이키치, 열심히 공부하거라. 내년엔 떨어지지 말고."

야행열차에 몸을 싣기 위해 역사 안에서 기다리고 있을 때, 큰이모부는 그에게 열과 성을 다해 타일렀다.

"명심하겠사옵나이다."

익살맞게 변죽을 올리고 그는 짐을 바닥에 내려놓았다. 머리에는 중학생 시절 사용하던 낡은 모자를 쓴 채였다.

"건강 조심하고 여름에는 조선으로 돌아갈 일이 없으니 이리로 오려무나."

열차 안에 들어섰음에도 큰이모는 여성스럽고 상냥한 배려를 아끼지 않았다. 마침 그때 창문에 얼굴을 드러낸 어머니에게도,

"이번 여름에 꼭 같이 여기에 오렴. 너도 몸조심하고 우리 둘 다 나이도 들었고 이렇게 멀리 떨어져있어서 병에 걸렸다고 해도

쉽게 찾아갈 수 없으니 말이지……."

라고 말했다. 기차는 달리기 시작했다.

다음날부터 교토에서의 새로운 생활이 시작됐다. 큰이모부의 형이라고 하는 사람이 시치조(七條)쪽에 살고 있어서 그쪽에 찾아가기로 했다. 큰이모부로부터 이미 잘 부탁한다는 편지가 한 통 도착해있었다.

"어서 들어오세요."

대문 밖의 명패를 확인하면서 다니다 보니 모퉁이 길 안쪽에 아사카와(淺川)라고 적힌 명패를 발견할 수 있었다. 레이키치는 어머니 뒤쪽에서 인사를 했다.

"제가 잘못 키운 까닭에 혹시라도 무례를 범할지도 모른다고 생각됩니다만, 부디 잘 부탁드립니다."

"그렇게 걱정하지 않으셔도 됩니다. 별로 민폐랄 것도 없어요. 우리 집에도 뭐, 좋은 식구가 한 명 더 늘어나는 것이니."

어머니와 아사카와 씨의 이야기는 계속됐다. 레이키치는 매우 부끄러워하며 눈길을 피한 채로 다다미 주름을 어루만졌다.

"뭐라 해도 요새는 수험생이 많을 때이니."

어머니는 그날 밤 급행을 타고 조선으로 떠났다. 아사카와 씨의 집에는 햇빛이 들지 않는 어두운 6첩방과 4첩 반 정도 되는 방이 있었다. 이 4첩 반의 방으로부터 경사가 급한 계단이 붙어있어서 초벽으로 된 사다리를 오르면 그곳에는 남북으로 뻗은 작은 쪽방이 있었다.

하룻밤 지나고 학교에 가야하는 날이 되었다. 집은 교토 남쪽에 있었으며 예비교는 북쪽에 있었다. 통학길은 4~50분이 걸렸다. 시치조에 있는 대교를 건너 전차를 타니 히가시야마(東山)대로 위를 달렸다. 기온(祇園)제단도 지났다. 구마노(熊野)신사에서 다이가쿠센(大學線)으로 환승한 뒤 15분 정도 걸었다. 예비교라 불리는 학교는 오후 1시부터 시작되었다. X고등학교의 선생이 강의를 위해 찾아왔다. 그리고 정해진 시간만큼만 강의를 하고 돌아갔다. 학생들은 깔끔하지 못한 강의를 들어야만 했다. 책상 위에는 낙서가 심했다. 똑똑한 녀석들은 이곳에 다니지 않는다는 것을 한눈에도 알 수 있었다. 미성년으로 보이는 자들 상당수가 여기서 담배를 피워댔다. 학교 교장은 주임을 맡고 있다고 했다. 그 뒤에는 경영자라고 하는 이가 있었다. 건물은 무서울 정도로 허름했다. 수업은 매일 다섯 시간 정도였다. 때마침 해가 긴 계절이라 강렬한 초여름의 태양은 햇볕을 쏘아 몸을 바싹바싹 마르게 했다. 학교에 늦게 도착하여 뒷자리에 앉게 되면 강사의 얼굴이 거의 보이지 않았고 목소리 또한 듣기 힘들었다. 부채를 부치거나 기침하는 자도 있었다.

30분 정도를 흔들리는 전차를 타고 집에 도착하면, 입었던 옷은 땀범벅이 되어있어 이층에서 팬티차림이 될 수밖에 없었다. 하지만 그는 생각한 것보다는 긴장해서 공부를 계속할 수 있었다. 목욕탕에라도 갔다 올 때면 기운이 회복되는 것을 느꼈다.

6

시간이 지나고 아사카와 집안사람들의 성격도 파악하게 되어 마음을 놓고 신세를 지게 되었다. 늦잠도 잤다. 아래층에서 깨워줘서 일어난 적도 있었다.

한 달 동안 지내보니 교토라는 마을은 그의 마음에 딱 들어보였다. 시조(四條)에서 신쿄코쿠(新京極)에 걸친 근대적인 모습과, 유적이나 관광명소와 같은 전통적인 일면이 조화롭게 어우러지며 옛 수도를 이루고 있었다. 그는 우울했던 옛 감정을 버리고 이곳에 당도한 사실에 숙명을 느꼈다.

그는 오하라메(大原女)⁴⁾의 존재를 알게 됐다. 소위 히가시야마 36봉도 전부 알아볼 수 있게 되었다. 카모가와(鴨川) 강의 흐름에

---

4) 오하라(大原)에서 교토로 장작이나 목공품을 이고 팔러 오던 여자.

도 익숙해졌다. 그 모든 것에 강한 애착을 느꼈다. 그런데 이상하게 그즈음부터 밥맛을 잃었다. 더위 탓일지도 모른다고 생각했다. 걸으면 금방 숨이 차는 것이 이상했다.

"아저씨, 이상하네요. 이런 곳을 누르면 이렇게 통증이."

그는 병에 걸린 것이 아닐까 생각하며 아저씨에게 말했다.

6월 하고도 반이 지난 어느 날 밤이었다. 이층 창문을 열고 가끔 지나다니는 게이한(京坂)전차의 경적 소리를 들으며 책을 읽고 있을 때, 무심코 누른 정강이 옆이 엄지손가락 자국을 남긴 채 다시 부풀어 올라오지 않는 모습을 보고 그는 경악했다. 과거에 이런 적은 없었다고 하는 정도로만 알고 지나칠 수 없는 증상이었다. 그는 아저씨에게 얘기하려고 생각해 이층 계단을 타고 내려왔다.

"점점 움푹 패이고 있어요."

그는 농담처럼 이야기하며 말을 걸었다. 다음날 뒷길에 있는 작은 병원 내과의에게 진찰을 받았다.

"분명 각기병일세."

작은 체구의 의사는 그렇게 말했다. 이윽고 그는 약병을 들고 병원을 나섰다. 의지할 곳 없이 혼자 발걸음을 옮겨 집으로 향했다. 때마침 길 가운데에 있는 상수도 근처에서 쌀을 씻고 있던 아사카와 씨네 아주머니는 그의 발소리에 뒤를 돌아보았다.

"무슨 일이라니?"

"역시 각기병이래요"

그것만 말하고 그는 쪽문을 열어 이층을 향했다. 그러나 의사의 소견은 이러하였다. 오늘날의 서양 의학에서 말하길 각기병의 원인은 편식, 그러니까 야채나 고기, 둘 중에 한쪽으로 치우친 식단을 취할 경우에 병이 생긴다고 하며 이 의견이 점차 유력한 설로 굳어지고 있다고 한다.

그는 아사카와 씨에게 의사의 말을 그대로 전할 수는 없었다. 아사카와 씨가 주는 식사에 대해 말하자면, 확실히 심하기는 했다. 하지만 이렇게 그것에 대해 말하자니 일종의 죄악처럼 느껴졌다. 때문에 레이키치는 그에 대해 한 마디도 하지 않고 혹시나 실언하지 않기 위해 조심했다.

학생으로서는 충분한 금액의 식비가 매달 양친으로부터 아사카와 씨 쪽으로 부쳐지고 있었다. 그는 가끔은 목구멍에도 잘 넘어가지 않을 정도의 화채반찬을 보고 생각했다. 아마 식비의 3분의 1 이하를 써서 만들었겠지, 하고

그리고 의사의 말이 정말 사실일 경우, 레이키치는 발병의 책임을 전부 아사카와 씨 쪽에 책임을 물을 생각이었다.

자신은 아직 세상을 모른다. 선천적으로 방자하게 굴 때도 있다. 따라서 폐를 끼친 적도 있었다. 하지만 그렇다고 하더라도 이 정도로 심한 일이라면 누구라도 가만히 있을 수 없을 것이다. 게다가 그 음식은 대체 무엇인가. 일차적으로 자신의 방이 사실 따로 준비되어 있던 것도 아니지 않은가.

그는 오로지 이런 것을 생각하며 인도적인 책임을 묻기 위해 상대를 찾아가기로 하였다.

그날 이래로 황갈색의 액체가 든 약병이 책상 위에 놓이게 되었다.

7

예비교에는 여전히 무리를 해서라도 다니려 했다. 몸은 점점 나빠져만 갔다. 약은 계속해서 복용하였다. 하지만 잠깐 걸었을 뿐임에도 금방 숨이 찼다. 일정(一町)⁵⁾ 반 정도 되는 길을 걷는데도 6분 30초 정도가 필요했다. 느릿느릿 다리를 끌며 걷고 있으면, 근처를 지나다니는 학생들이 돌아보았다. 그들의 학력을 상징하는 학모(學帽)와 정상적인 걸음걸이에서 왠지 모를 모멸감이나 차가

---

5) 일본의 옛 거리 단위로 200미터가 약간 안 된다.

운 시선 같은 것이 느껴졌다. 그는 얼굴을 붉히며, 허덕이는 걸음 걸이를 서둘렀다. 피스톤에서 뿜어져 나오는 증기처럼, 숨이 격하 게 차올랐다.

그해 봄, 레이키치를 정신적으로 몰아세우던 신(神)의 악의는 이 제 신체에까지 미치고 있었다. 그 고통은 이차적인 형상을 띠고 그를 덮쳐왔다.

통학에 대한 열망은 좌절되었다. 그는 이층 마룻바닥에 뻗어있 었다. 머리맡에는 약병이 혼탁한 빛을 내며 굴러다녔다. 교토의 여름은 찌는 듯이 뜨거웠다. 이불과 등 사이에 땀이 배어났다. 식 전에 세 번, 변소에 갈 때 서너 번 계단을 오르내리는 것이 운동 의 전부였다. 그러니 갑자기 계단이 괴롭게 느껴졌다. 2층의 그와, 1층의 아사카와 씨와는 사이가 틀어져 있었다. 방해물 취급을 하 는 분위기가 은근히 느껴졌다. 게다가 이전의 일로 분명히 그를 경원하는 태도를 보였다. 그는 마음속으로 미안하게 생각했다. 약 한 마음에 혼자 괴로워했다. 행복한 아사카와 씨 가정에, 돌연 낯 선 그가 뛰어 들어와서 방해하게 된 것을 미안하게 생각하는 마음 으로 가득 찼다. 하지만 이런 병자를, 스스로 몸도 제대로 가누지 못하는 불쌍한 그를 대체 어떻게 하려는 것인가. 이 경우 그는 아 사카와 씨의 무정함을 느끼면서도, 은혜 모르는 사람이라고 괜한

소리를 들을까봐 괜찮은 체 하며 냉정하게 스스로를 지킬 수밖에 없었다.

그럼에도 그는 양친에게 보내는 편지에,

"경과는 생각보다 걱정하실 정도로 나쁘지 않지만, 이것저것 아사카와 씨가 친절하게 대해주셔서……."
라고 적었다.

아버지는 걱정하고 있다는 답신과 함께, 아사카와 씨에게 감사의 편지를 동봉하였다. 병세는 그동안 더 악화되었다. 자고 있을 때조차 심장 고동이 격렬하게 들렸다. 특히 맥박이 약해진 것이 느껴졌다. 가슴에 통증이 오기 시작했다. 다리 관절이 욱신욱신 쑤셨다. 뼈가 돌출될 것 같은 생각이 들었다. 밝은 푸른 하늘의 연속이었고 햇살을 바닥까지 늘어섰다. 문드러진 태양이 드디어 그를 번민하게 만들었다.

엿새 정도 지나자 다리의 통증은 사라졌지만 걷는 것이 힘들어지기 시작했다. 게타(下駄)[6] 신는 것을 그만두고 조리(草履)[7]를 신었다. 그래도 비틀거리곤 했다. 더 이상 공부하지 못하게 되는 사태가 그에게 다가오고 있었다.

"아무래도 학문은 그만 두는 것이 좋겠소"

---

6) 일본의 나막신.
7) 일본의 짚신.

의사의 선언이 엄중하게 울려 퍼졌다. 그는 통절한 마음으로 이층 방의 천장을 바라보았다.

"아주머니, 죄송하지만 전보를 좀 쳐줄 수 있겠습니까……."

아사카와 씨의 아주머니가 다른 용무로 이층에 올라왔을 때, 그는 미안해하며 다만 이렇게 말했다. 아주머니는 참으로 애석한 일이라는 요지의 말을 건넸다. 그리고 액땜을 한 것처럼 밝은 얼굴이 되었다. 들뜬 모습으로 부리나케 전보를 치러 집을 나섰다.

학문을 지속하기 어려워졌으니 집으로 돌아가고 싶지만, 혼자서 돌아갈 수 없는 모양새라 부디 마중을 나와 주시길 부탁드립니다.

이렇게 아버지에게 알렸다.

그는 다시 한 번 이층 방을 둘러보았다. 부모님이 경악을 하는 모습을 머릿속에 그리면서.

* 京城帝國大學豫科學友會, 『淸凉』 第7號, 朝鮮印刷株式會社, 1929.

주락

●

아라키 큐타로(荒木久太郎)

석양이 아련하게 물들고, 먼지를 투과한 빛이 진주의 광택과 같이 빛나며? 산란하는 삼월의 초하루였다. 하늘에는 북두칠성이 차갑게 빛나고 온돌에서 피어난 하얀 연기가 바람 한 점 없는 하늘에 휘날리며 올라가던 밤, 이경순은 결국 요절하였다. 관직도 재물도 그의 죽음을 어떻게 해주진 못했다. 돌연 교목이 위에 쌓인 눈의 하중에 뚝 하고 부러져 버렸다. 남은 가족들은 어찌할 방도를 몰랐다. 다만 기뻐한 사람은 이경제뿐이었다. 그의 처 설화는 경순의 전부인의 아이였기 때문이다. 경제의 아버지가 죄를 지었을 당시 그는 설화를 데리고 경순에게 의지하였다. 경순은 만석꾼처럼 많은 재화를 가지고 있었고 그 부유함은 그가 관위를 얻을 수 있게 해주었다. 당시 그는 세 명의 여자를 곁에 두고 있었다.

이성희가 정실, 사금련, 손경희는 측실이었다. 그녀들은 모두 아름 다웠다. 그중에서도 금련은 아름다운데다가 매우 성숙하여 터질 것 같은 몸을 가지고 있었다. 모란이 흩날려 피는 것 같았으며, 피 부도 이슬처럼 고왔다. 경제가 경순의 집에 와서 얼마 지나지 않 아 다정한 금련의 유혹에 빠진 것도 어쩔 수 없는 일이었다. 참으 로 경제는 행복했다. 미녀의 숨결에 마치 따듯하고 부드럽게 감싸 안겨진 것만 같았다. 경순의 돌연사는 그에게 명예와 부를 가져다 주고 더욱이 금련을 향한 광기와 같은 사랑을 얻게 해주었다. 경 제가 행복한 목소리로 다행이다, 라고 몇 번이고 부르짖은 것도 무리는 아니었다.

X

봄이 가고 이경순의 기일이 100일이 지났다. 신록이 피어나고 모든 사물이 생의 찬연함을 구가했다. 그리고 신록이 푸르게 변할 수록 경제와 금련의 사이도 점점 깊어져서, 화원 위를 뻐꾸기가 피를 토하듯 울며 지나다닐 즈음에는, 둘은 공공연히 손을 잡고 활보했다. 이에 반해 경순의 정실인 이성희의 생활은 실로 음울 그 자체였다. 그러나 슬픔 가운데에서도 또한 기쁨이 있는 법이다. 부러진 나무에 싹이 트는 것처럼, 성희는 귀여운 경순의 아이를 낳아 집안에 아련한 희망의 빛을 가져다주었다.

그러던 어느 날, 왕종수가 금련을 찾아왔다. 그 사실을 알고 금련은 안색이 변했다. 종수가 돌연 찾아왔다는 것은 어떻게 생각해 봐도 금련에게 좋을 것이 없었다. 처음 금련은 장대호에게 팔려갔었지만 그후 부득이한 사정으로 최무랑이라고 하는 떡집 주인의 첩으로 되팔려갔다. 그리고 이경순과 만나게 되었을 때 - 물론 그 종수의 손에 의해서였으며 - 두 사람은 종수의 잔꾀를 빌려 최무랑을 독살했다. 위령패를 만들고 상도 아직 다 치르지 않았을 무렵, 금련은 두 번째 부인으로서 이경순에게 몸을 의탁했다. 그래서 이 왕종수의 돌연한 방문은 금련에게 있어서는 적잖이 불안한 일이었다.

"이야, 엄청난 살림살이로구만. 나와 같은 가난한 놈은 눈이 핑핑 돌만한 일입니다요"

그렇게 종수는 방 안의 모습을 뚫어지도록 쳐다보았다. 그는 유명한 재간꾼이었다. 여러 가지 세상 돌아가는 이야기를 한 후에야 그는 최무랑의 동생 최무부가 죽은 사실을 이야기했다.

"예, 예. 부인이 돌아가신 부군을 죽였다고 고소하여 죄 없이 누명을 쓰고 국경 밖으로 쫓겨났던 그 무부 놈 말입니다. 거대한 몸집을 가지고 있으면서도 서서히 병으로 죽어갔다는 소문을 들었지요. 호랑이를 때려죽일만한 남자라도 병에 걸리면 별 수 없더군요."

종수의 눈은 힐끗 금련을 주시하였다. 시치미 떼는 얼굴로 금련은 부채를 펼쳤다.

"그래서요. 당신은 얼마를 원하는지요"

느닷없이 금련이 던진 말에 종수는 잠깐 당황했지만 미친 사람처럼 웃으면서,

"이야, 과연 예리하시네요. 역시 부인이십니다. 저와 같은 가난한 사람에게 동정심이 있으시군요"

라고 칭찬 같기도 조롱 같기도 한 말을 내뱉었다.

"실은 아들놈이 어쩌다 집에 돌아왔는데, 있는 돈을 모조리 들고 도망 가버린 관계로 매달릴 곳도 없는 부끄러움을 참고 부인에게 의지하려고 찾아왔습니다만."

라고 무턱대고 몸을 기울이며 말했다.

"50냥 정도"

종수는 돈을 받자마자 또 언젠가 찾아뵙겠습니다, 라고 인사를 하며 사라졌다.

X

남방(南方)[1]에 물품을 팔러 나갔던 배가 드디어 인천에 귀항하였다. 경제는 그 물품을 기식이라는 자에게 팔아 40냥을 받았다. 금련은 그 돈을 자기 방에 옮겨두었다. 경제가 화원에 모습을 드러내자 금련은 살며시 뒤를 따라갔다. 그리고 두 사람은 석가산[2]의 그늘진 곳에 몸을 숨겼다. 잠시 후, 무슨 말이 오갔는지 경제는 굳은 얼굴로 모습을 드러냈다. 입으로는 무언가를 중얼중얼 거리면서. 반면 금련의 웃음기를 띤 밝은 표정에 땀이 밴 얼굴은

"당신은 안 되겠군요. 패기도 없이."

라고 말하는 듯이 보였다.

경제는 그대로 방으로 돌아갔다. 이성희의 방에서는 독경을 읊는 소리가 흘러나왔다. 성희의 신앙심은 날이 갈수록 강해져갔다. 그저 경순이 남긴 자식을 가슴에 꼭 끌어안으면서.

---

1) 동남아시아 지역을 일컬음. 그쪽을 통해 드나드는 서구 지역을 포괄하여 지칭할 때도 있음.
2) 정원 따위에 돌을 모아 쌓아서 조그마하게 만든 산.

X

종수가 금련에게 발을 옮기는 날이 빈번해졌을 무렵, 금련은 어떤 사실에 대해 생각했다. 이성희의 아들이 있는 한 그리고 그 아들이 살아있는 한 금련은 이 집안을 자유자재로 다룰 수는 없다고. 그래서 그 아이를 이 세상으로부터 없애버리겠다고 생각했다. 경제에게 전날 이 사실을 털어놓았지만 그는 동의해주지 않았다. 만약 그 아이가 사라지기만 하면 재산은 전부 경제의 손에 들어올 텐데 왜 자기가 하는 말을 듣지 않을까. 입이 아플 정도로 설득했지만 소심한 경제는 들어주지 않았다. 그래서 혼자서라도 하지 않으면 안 된다고 금련은 마음을 다잡았다. 7월의 태양이 작열했다. 산림을 불태울 것만 같은 바람이 휘날리고 뜨거운 흙냄새가 열기와 같이 피어올랐다. 금련은 이리저리 화원을 거닐며 생각했다. 그리고 그날 밤, 금련의 연락을 받은 종수가 의미심장한 얼굴을 하고 찾아왔다. 금련은 평소와 다른 애교를 보이며 차를 따라주며 말했다.

"당신에게 한잔 따라드리고 싶어서요"

그 뒤로 맛있는 술들을 차례로 내어왔다. 잔이 연거푸 채워지고 종수는 평정심을 잃고 기뻐했다. 어두운 얼굴이 밝게 피어올랐다.

때가 되었다고 생각한 금련은 독의 조달을 의뢰했다. 돈 삼십 수 냥. 불거진 얼굴을 더욱 붉게 물들이며 종수는 삼배구배[3]했다.

"부인, 확실히 분부 받았습니다. 최무랑에 이어서 두 번째는 대체 어떤 분이."

"누구라도 좋아요. 당신일지도 모르겠군요."

"에이, 농담도."

X

분에 넘치는 재산을 독점한 경제는 그 즈음 나쁜 친구들의 유혹에 빠져 화류계의 맛을 보았다. 기생 금애화를 월 12냥에 산 그는 몰래 금련이 알아채지 못하도록 기방에 다녔다. 그리고 홍래홍과 알고 지내게 되었다. 홍래홍은 서른 살 정도의 미남자로 대단한 재산을 가졌으며 게다가 관청에 지인들도 많았고 이경순과도 관계가 있던 남자였다. 두 사람의 친교는 날이 갈수록 두터워졌다. 어느 날, 래홍은 경제를 방문했다. 화원 내의 누각에서는 주연이 펼쳐졌다. 주연이 끝나고 화원을 산책하던 둘은 등나무 근처에 도

---

3) 몇 번이고 되풀이하여 경의를 표함.

달했다. 마침 거기에서 휴식을 취하고 있던 금련과 조우했다. 래
홍과 금련의 시선이 맞닿은 순간, 금련의 다정한 눈빛 날카로운
바늘처럼 강렬하게 래홍의 가슴을 찔렀다. 그리고 그날 밤, 금련
은 래홍을 방으로 끌어들였다. 문에는 빗장이 걸렸다.

X

8월 15일은 이성희의 생일이었다. 안방에는 주연이 한창이었다.
눈가에 분홍빛을 띠운 금련의 용모는 가을 풀밭에 핀 한 떨기 모
란과 같았다. 집 밖에서는 달이 빛나고 벌레 울음소리가 슬프게
울렸다. 하늘을 우러러보면 희미하게 하늘의 강이 떠있어 견우와
직녀를 연결해 주었다. 돌연 엄청나게 큰 비명소리가 들렸다. 손
님들은 일제히 자리에서 일어섰다. 유모가 시퍼렇게 질린 얼굴을
하고 술자리로 뛰어 들어오더니

"도련님이!"

하고 떨리는 입으로 말했다. 성희의 안색이 변했다. 일어서자마
자 방으로 달려간 성희는 간담을 찌르는 비명을 질렀다. 애지중지
하던 자식은 최후의 경련을 하며 움찔움찔 몸을 떨었다. 동공은

크게 열렸으며 손톱은 보라색으로 물들었다. 생강탕을 먹이고 의사를 불렀지만 이미 늦은 후였다. 아이의 혼은 저 멀리 하늘로 올라가 버렸다. 독을 먹은 것이다. 금련의 짓이라고 성희는 금방 알아차렸지만 유모에게 물으니 이 오륙일 동안 금련을 본 적도 없다고 말했다. 게다가 좀 전까지 기세 좋게 술자리에 어울리고 있었는데 갑자기 이런 일을 저지르리라고는. 그럼에도 성희는 금련의 지시라고 생각했다. 증오스러운 금련. 금련이 틀림없다. 하지만 증거가 없었다. 경제는 시퍼렇게 안색이 질려 떨고 있었다. 성희는 아직도 죽은 아이를 가슴에 끌어안고 슬퍼하며 하늘을 원망했다. 그리고 결국 쓰러졌다. 성희가 정신을 차린 것은 동이 틀 무렵이었다.

"금련이다. 가증스러운 금련이다."

정신없이 성희는 외쳤다. 그러나 그녀의 혼은 멀리 저편으로 날아가 현세에 남은 것은 몸뚱아리뿐이었다. 살아있는 시체였다. 그녀는 죽은 아이를 안고 자수가(子守歌)[4]를 불렀다. 성희의 공허한 눈은 정처 없이 떠돌고 머리카락은 헝클어져 바닥에 떨어지며 금련이다, 금련이다, 하고 외치며 방안을 떠돌았다. 사람들은 그녀의 손으로부터 억지로 죽은 아이를 떼놓고 후하게 장례를 치렀다. 독

---

4) 자장가를 일컬음.

살임이 확실하지만 증거가 없어 사건은 유야무야로 종결되었다. 금련은 은밀하게 빨간 혀를 내밀며 웃었다. 그럼에도 겉으로는 성 희를 위해 슬퍼하고 큰일이라며 울었다.

X

가을이 도래했다. 주락(凋落)의 가을이 쓸쓸한 석양을 물들였다. 벌레 울음소리가 괜한 사람마저 쓸쓸하게 만드는 나날이 이어지 며, 성희의 가슴은 더욱 사무쳤다. 복숭아 빛을 띤 상의를 흐트러 뜨리고 성희는 미친 듯이 울다가 웃었다. 국화가 흐드러지게 핀 후원의 모습도 그녀의 눈에는 들어오지 않았다. 그저 죽은 아이의 미소만 떠올랐다. 그녀는 그 모습을 떠올리며 웃었다. 또 죽은 아 이의 촉촉한 광대를 생각하며 슬퍼했다. 경제는 사람의 입을 두려 워하며 금련을 피했다. 금애화의 방에 드나드는 모양새였다. 금련 의 방에는 그 즈음에는 홍래홍이 몰래 출입하고 있었다.

왕종수의 요구는 나날이 정도가 심해졌다. 아랫사람처럼 굴던 처음의 태도는 온데간데없고 머리를 꼿꼿이 들고 치근거렸다. 더 러운 놈이라고 생각하면서도 하나도 아니고 둘이나 약점이 잡혀

있는 금련은 어찌할 방도가 없었다. 래홍에게 졸라 종수에게 돈을
주었다. 이렇게 된 이상 이경순이 종수에게 부탁하여 최무랑의 동
생 무부를 국경 밖으로 추방한 것처럼, 돈의 힘으로 종수를 감옥
에 투옥시키자고 생각했다. 드디어 그 날이 왔다. 북풍이 불어 살
짝 추운 날의 오후였다.

"다시 실례 좀 하게 되었습니다."

하고 종수가 찾아왔다.

"나이가 들어 심신이 쇠약해지는 것은 어쩔 수 없네요. 이제 슬
슬 노후 준비라도 해야겠다고 생각한 터라. 네에. 이번에는 조금
많이 부탁드리려고 하는뎁쇼"

보기만 해도 심기가 불편해지는 간교한 눈이 빛났다.

"어떤가요, 부인. 가능한 말하고 싶지 않은 이야기들을 떠들고
다니고 싶진 않아서. 아무럼요"

이렇게 말하는 모양새가 가증스럽다. 금련은 화가 끓어올라 이
를 악물었다.

"마음대로 하세요. 돈이 어디서 솟아오르는 것도 아니고, 줄 수
있는 건 언제나와 다를 바 없어요."

"네에, 네에. 엄한 인사를 드리게 되어서 죄송합니다. 마땅히 나
가야 할 곳에 나가게 되면 부인에게 해가 될 지도 모른다고 생각

했을 뿐이지만요.”

“출두하고 싶으면 마음대로 하세요.”

“나가면 무슨 말을 할지 몰라서 나갈지 어떨지 모르겠지만요.”

금련은 하지만 그것으로 입을 다물고 아무 말도 하지 않았다. 그날 밤 래흥이 은밀히 찾아왔을 때 금련은 교태를 부리며 종수가 혹시라도 고소해온다면 엄한 벌을 내리도록 간청하였다.

X

어느 날 경제는 금련에게 붙들렸다.

“정말 너무하시는군요.”

원망스러운 얼굴의 금련에게 당황한 경제는 답했다.

“아, 가게 쪽이 바빠서, 거기에다가 사람들이 당신을 의심하고 있는 시기이기도 하고 조심했을 뿐이야.”

“그래서 당신도 나를 의심하시는 건가요.”

“의심하고 있지는 않지만.”

“그래도 그런 소문이 돌았을 땐 역시 의심했다는 말이군요. 그런데 사실, 정말로 내가 했어요.”

경제는 의심하고 있었을망정 진짜로 그런 말이 금련의 입에서 나오자 경악을 금치 못했다. 입을 다물고 멍하니 서 있었다. 묘하게 양다리가 후들거렸다. 금련은 실소를 머금었다.

"내가 싫으면 싫다고 확실하게 말해주세요"

그는 맥이 탁 풀려 무릎을 굽혔다. 끈적끈적한 침을 꿀꺽 삼켰다. 어떻게 하더라도 벗어날 수 없으리라 여겼다. 운명이다. 아직 사랑하고 있기 때문이다. 아니, 이것이 하늘이 내린 운명이라는 생각까지 들었다. 벗어날 수 없다. 눈앞에 한 여인이 서 있다. 살인자다. 하지만. 하지만 안 된다. 아무리 우주가 붕괴하더라도, 해와 달이 충돌하여 가루가 되어 흩어져도 이 여자는 자기 것이 아니면 안 된다.

"당신에게 버려진다면 죽는 것이 낫소"

떨리는 목소리가 찌르는 듯이 울렸다. 그의 머릿속에는 부인인 설화는 존재하지 않았다. 첩인 애화도 사라져 버렸다. 머릿속 가득하게 금련이 부풀어 올랐다. 아니나 다를까. 그날 이래로 그는 모든 재보를 남김없이 금련의 방에 옮겼다. 금련의 교태는 극도로 심해졌고 경제는 가게를 잊고 사람을 잊었다. 현세가 꿈결처럼 느껴졌다. 금련의 뱃속에 어떤 악마가 안광을 빛내고 있는 것을 두 눈 뜨고 보고 있음에도 그렇게 생각하지 못하는 것이다. 남자는 언제나 약자일 뿐이다.

종수는 한동안 잠자코 있었다. 하지만 하늘에는 목화와 같은 구름이 떠다니고 늦가을의 찬바람이 구슬프게 울리는 11월이 되자, 종수는 드디어 고소장을 들고 출두하였다. 군수는 보좌와 협력하여 일을 맡았다. 그러나 황금의 힘 앞에서 안 될 일은 없었다. 그들은 이미 래흥의 손속이 닿아 막대한 재물을 넘겨받은 후였다. 종수는 무고한 사람을 고소한 죄로 투옥당했다. 말년에 그는 무참하게도 추풍낙엽과 같이 말라 비틀어져 금련을 원망하면서 영원히 깨지 않는 잠에 빠지게 되었다.

X

45일 후 경제 또한 이경순의 아이를 독살한 죄로 투옥되었다. 그는 저항도 변명도 하지 않고 묵묵히 감옥에 들어갔다. 그것은 사랑하는 금련이 래흥과 공모해 이루어진 일임을 알고 있기 때문이다. 그는 아이가 독살당한 이래로 양심의 가책을 느끼고 어찌할 바를 몰랐다. 그리고 사랑하는 여자의 마음에 휘둘리는 것은 경제에게 있어서 하나의 위안이며 기쁨이기도 했다. 그녀의 구두 뒤에

묻은 흙이나 그녀가 뱉은 가래조차 싫지 않았다. 타들어갈 것은 사랑에 취한 경제의 마음은 그녀에게 어떠한 저항도 할 수 없게 만들었다. 죄목을 받고 다른 나라로 추방당하게 되었을 때 한번만이라도 금련을 만나고 싶다고 생각했다. 그러나 그것조차 허락되지 않았다. 겨울이 오고 하얀 것이 내리기 시작했을 즈음 그는 이 땅을 등지고 떠났다.

X

불타서 쓰러지는 기와지붕처럼 이씨 일가는 한 점도 남김없이 무너지고 있었다. 그럼에도 불구하고 정월은 찾아왔다. 거리가 붐비기 시작했다. 미쳐버린 성희가 어떻게 집밖으로 빠져나왔는지 사람들 사이를 서성이며 걸었다. 그녀의 입술에서 무심히 흘러나오는 노랫가락이란 얼마나 구슬프던지.

아리랑 아리랑 아라리요
아리랑 고개로 넘어간다 ······5)

---

5) 원문은 한글이며 두 번째 줄에는 원래 '아리랑'으로 표기되었으나 '아리랑 고개'의 오기로 보여 정정하였다.

　　사람들은 걸음을 멈추고 뒤돌아보았다. 위세 있던 이경순의 여인이 예전의 사랑스러운 자태와 사뭇 다른 지금의 모습을 보고 부지불식간에 소매를 훔쳤다. 하늘은 청명하고 바람은 차가웠다. 또다시 눈이 내릴 것 같았다.

* 京城帝國大學豫科學友會, 『清凉』 第8號, 朝鮮印刷株式會社, 1930.

떠나가다

●

사이토 다케히토(斎藤武人)

어젯밤 여자의 일이 도무지 도시오(俊雄)의 머리에서 떠나지 않았다. 그의 펜촉은 무의식적으로 노트 위를 횡단하며 움직였다.

어젯밤의 여자 ─ 도시오가 어젯밤 네다섯 명의 친구와 같이 들린 카페 R의 에미코(笑美子) ─ 는 K의 물음에 대해 이렇게 대답했다. 단지 한 명의 여급일 뿐이라고

뒤쪽에 앉아있던 K가 도시오의 어깨를 손가락 끝으로 쿡 찔렀다. 황급히 정신을 차려보니 유별나게 키가 작은 다카하시 교수가 열성을 다해 영문학을 강의하고 있었다. 다른 학우들은 열심히 필기 중이었다. 조용한 교실에 교수의 굵직한 목소리와 지면을 달리는 펜촉의 소리, 페이지를 넘기는 소리가 정적을 깨고 들려왔다. 도시오의 노트에는 어젯밤의 그녀, 에미코, 쓸쓸해 보이는 여자,

슬퍼 보이는 그녀의 얼굴 등의 문장이 빼곡히 적혀있었다. 이러한 문자들을 빤히 쳐다보는 그의 눈동자는 동굴처럼 미동도 없었다. 가만히 응시하고 있다 보면 그는 다시 현실과 환상의 경계를 넘나들게 되었다.

어렴풋한 소리를 내며 그의 펜촉이 노트 위를 훑어 내려간다. 그는 멍했다. 잠에 든 것처럼 그의 몸은 미동도 하지 않았다.

종이에 적힌 문자가 이중으로 겹쳐보였다. 삼중, 사중으로 겹치며 점점 문자의 형상을 잃어버리고 파란 잉크만 반점처럼 지면 전체를 채우고 말았다.

그러자 파래진 지면에서 에미코의 모습이 몽롱하게 떠오르기 시작했다. 그리고 점점 선명해졌다. 매끈한 피부와 큰 키로 균형이 잘 잡힌 그녀의 몸매, 아름답게 촉촉한 눈, 우수에 찬 얼굴! 그 모습이 점점 엷어진다고 생각할 때쯤 그녀가 의자에 걸터앉아 있었다. 도시오도 그녀 앞에 걸터앉아 있었다. 그의 친구 K, A도 있었다. 그들은 테이블을 둘러싸고 맥주를 마시고 있었다. 도시오는 우쭐해져서 큰 소리로 노래를 목 놓아 부르고 있었다. 성난 목소리였다 - 그는 매우 감상적인 남자였기 때문에 그날 밤도 또 맥주라도 마시고 노래라도 부르며 조금은 기운을 되찾으려 했던 것에 틀림없다. 하지만 마시면 마실수록 쓸쓸한 기운이 한층 생각에 잠기도록 만드는 것이다. 그래도 마냥 노래를 부르고 마시고는 하였다. 그럼에도 불구하고 사실 자기 자신은 밝은 기분이 되고 싶어하지 않는 것을 자각하고 있었다 – 술이라도 마시고 밝은 척 하며 떠들썩거리는 사람들을 보면 일종의 경솔함에 혐오까지 느끼게 된다. 어찌 보면 부럽기도 한 일이었다 – 오히려 슬픈 기분에 충실히 몰두하고 싶기도 했다. 그는 어찌할 수 없는 쓸쓸함에 엄청난 괴로움을 느끼면서도 한편으로는 그것을 매우 사랑했다. 마음에 들었다. 하지만 주변의 흥겨운 분위기나 친구들의 들뜬 기분이 자기 때문에 가라앉게 하는 것은, 일종의 반역자와 같은 짓이어서 그렇게는 하고 싶지 않았다. 그래서 주위의 기분에 맞춰 떠들었을 뿐이었다 – 또한 그렇게 하고 있으면 실제로 유쾌하고 가벼운 기분이 될 때가 꽤 있기 때문이다 – K는 그녀에게 말을 걸고 있었다. 도시오는 맥주병을 손에 들고 나팔을 불듯이 마시려 했다. 그때, 그녀가 조용히 그것을 막았다.

"이제 그만 드세요. 그렇게 마시면 독이 될 거에요."

도시오는 아직까지 어젯밤의 그녀를 머리에서 떨쳐낼 수 없었다.

학교 수업이 끝나고 하숙집에 돌아왔을 때조차도 도시오는 그

여자의 일이 신경 쓰여서 미쳐버릴 지경이었다. 책상에 앉아도 한 권의 책도 읽을 기분이 들지 않았다 - 물론 공부를 싫어하는 것은 그의 본성이기도 했지만 오늘밤은 특히 심했다. 에미코의 아름다우면서도 슬픈 듯한 자태가 그의 눈앞에 어른거리며, 그녀가 마치 그에게 쓸쓸하니까 제발 나에게 와줘 라고 애원하는 듯했다.

"그녀는 분명 내가 찾아오는 것을 기다리고 있어. 그녀는 쓸쓸해하고 있을 거야. 지금 당장 그녀를 찾아가 위로해 주어야겠다……."

그는 이런 것을 진지하게 생각하고 있었다. 그는 쉽게 반하는 타입의 남자일지도 모른다. 혹은 다른 사람보다 훨씬 동정심이 많은 남자일 수도 있다.

"바보! 너는 대체 무슨 생각을 하고 있는 거야 그녀가 너 따위를 신경 쓰고 있다고 생각해? 네가 필요 없는 참견을 해서 그녀가 있는 곳으로 간다면 그녀는 정말로 민폐라고 생각할 거야." 라는 생각이 들어 그는 진정하려 했다. 다음 순간 또 어디선가 목소리가 들려와

"빨리 가봐! 그녀가 기다리고 있어." 라고 속삭였다. 도시오는 도저히 책상 앞에 앉아 있을 수가 없었다. 그는 고작 한 번 본 여자를 잊을 수 없는 사람이 되어버렸다.

그녀의 쓸쓸함이 그에게는 묘하게 동질감으로 다가온 것이다. 그는 이미 에미코에게 사랑을 느끼고 있었던 것일까.

30분 후, 도시오는 카페 R의 앞에서 혼자 서성이고 있었다. 남자와 여자가 대화하는 목소리, 노랫소리, 웃음소리, 성난 목소리, 짤까닥짤까닥 거리는 소리, 거기에 피아노의 음색 등 – 이는 카페의 독특한 데카당적인 분위기를 구성하는 일부분이었다. 그리고 도시오는 그러한 데카당적인 공기 속에서 생각에 잠기는 것을 좋아했다 – 이 섞여 들려오고 있었다.

"그녀가 있을까 들어갈까 들어가지 말까? 에라, 들어가자!"

한 발 내딛자마자 그는 멈춰 섰다. 무언가 부끄러운 기분이 들었다. 무서운 기분도 들었다. 도시오는 사실 카페 정도는 많이 드나들었지만 아직까지 혼자서 들어간 적은 없었다.

"카페는 혼자 들어가지 않으면 재미가 없어."

라는 말들은 많이 들어봤지만, 그리고 자기 자신도 그렇게 여기며 그가 좋아하는 쓸쓸한 분위기를 충분히 느끼기에는 그것만큼 좋은 것도 없다고 생각은 했지만, 실제로 혼자 당당히 들어갈 정도로는 그만큼 경험이 많지 않았다. 담이 작은 그로서는 몇 분간 그 주변을 맴돌며 – 그것조차 사람들의 눈을 신경 쓰며 – 자기의 볼품없는 야생견과 같은 모습에 눈치를 채고 결국에는 들어갈 용기마저 잃어버려서 자기 자신에 대한 증오마저 느끼며 힘없이 그곳을 빠져나가게 되었다.

그로부터 이삼 일 뒤, 강렬한 마음 속 욕구에 시달리다가 그의 내성적인 성격조차 그것을 억누르지 못하게 되어 도시오는 카페 R의 문을 열었다.

"어서 오세요"

에미코가 아닌 하얀 분을 칠한 여자가 마중 나와 그는 코너에 있는 테이블로 인도하였다. 그토록 만나길 바랐던 에미코의 모습은 근처에는 보이지 않았다.

묘한 수치심에 온순한 기분이 들었다.

"에미코 양을 불러주지 않겠는가."

라고 말하고 싶었지만 차마 입에 담지 못하고 다만 침묵으로 삼십 분을 보냈다. 쓸데없는 말을 입에 담던 짓궂어 보이는 여자 앞에서 허리를 굽히고 있는 것을 참을 수 없게 되어 그는, 화가 나서 어스름한 도로로 걸음을 옮겼다.

일주일 후 그 전의 일을 불쾌하게 생각하면서 완전히 용기가 꺾인 도시오는 겨우 기운을 되찾아서 다시 카페 R 앞에 다리를 벌리고 섰다. 그날 밤 그를 맞이한 여자는 쾌활하면서도 지나치지 않은 좋은 여자였다. 몇 번이고 주저한 끝에 얼굴이 빨개져 아무렇지 않은 체하며 그는 겨우 하고 싶었던 말을 입에 담았다.

"에미코 양은 있습니까?"

"음, 있지요"

"미안하지만 불러줄 수는 없나요?"

"네, 괜찮아요."

기분 좋게 승낙하며 그녀는 쾌활하게 2층으로 올라갔다.

"어서 오세요"

얌전한 목소리로 말하며 그의 앞에 허리를 숙인 에미코가 보였다. 그녀는 그전보다도 훨씬 아름답게 보였다. 그러나 그 특유의 쓸쓸한 기색은 변함이 없었다.

도시오는 왠지 기쁘고도 부끄러운 기분이 들어 얼굴이 붉게 물들었다. 준비했던 말들이 제대로 나오지 않고 흔한 세간 이야기로 이삼십 분을 떠들었지만, 그녀와 둘이서 대화한 것만으로도 충분히 만족하여 그는 R을 나섰다. 다음 토요일에 다시 찾아올 것을 기약했다.

도시오가 처음으로 에미코에게 사랑을 고백했을 때 그녀는 그녀다운 얌전한 목소리로 그것을 거절했다. 뒤에서 언급하겠지만 그녀는 매우 고독한 사람이어서, 더불어 그녀 자신도 도시오를 대단히 마음에 들어 했기 때문에 도시오의 제안을 바로 받아들여 버

릴까 생각했었다. 하지만 자신의 처지, 신분 등을 생각했을 때 –
만약 아무리 자신의 몸은 순결하다고 믿고 있다고 하더라도 – 그
녀는 어렵게 그에게 의지하고 싶은 마음을 누르고 조용히 그것을
거절한 따름이었다. 그녀 또한 인습에서 벗어날 수 없는 여자였다.

"나는 보시는 바와 같이 미천한 여자이고, 당신은 훌륭한 신분
을 가지고 있지요. 당신의 장래를 위해서 좋지 않고, 또 당신의 집
도 달가워하지 않을 것이 분명하니 나 같은 여자는 포기하는 게
좋아요."

그렇게 말하면서도 실제로는 그녀 자신도 도시오라는 사내를
단념하는 것이 쉽지 않았다. 그가 그녀의 이런 말에도 상관하지
않고 계속 그녀에게 구애한다면, 물론 그때는 그녀라도 도망치지
못하고 바로 그 대답에 응할 것이다. 그녀는 그것을 은연중에 바
라고 있었다. 그리고 도시오가 단지 이러한 거절의 말 때문에 그
녀를 단념하는 일은 없었으며, 오히려 더욱 그녀의 아름다운 마음
가짐에 매료되어 그녀를 매우 열렬히 생각하게 된 것은 당연한 일
이었다. 그렇게 그들은 서로 깊이 사랑하는 몸이 되었다. 그리고
그렇게 에미코에게는 오로지 도시오에게만 의지하고 싶은 마음이
생겼다.

도시오는 에미코의 신변에 대한 이야기를 듣고 깊게 그녀를 동정하게 되었다. 그녀의 삶은 대체로 다음과 같은 이야기였다.

에미코는 훌륭한 부모님과 함께 부산(釜山)에 살았다. 그녀는 외동딸이었다. 따라서 양친이 그녀를 매우 귀여워했던 것은 당연한 일이었다. 그러나 그녀가 여섯 살 때 아버지는 간염에 걸려 세상을 등지고 말았다. 가족이라고는 어머니 혼자만 남아 그녀는 매우 쓸쓸했지만 말로 다할 수 없는 어머니의 사랑에 의해 그녀는 매우 행복한 나날을 보냈다. 집안은 가난했지만 어머니는 그녀를 여학교에도 보내주었다. 하지만 그녀가 2학년이 되었을 때 그녀에게 있어 치명적인 불행이 닥쳐왔다. 어머니가 병에 걸렸음에도 귀여운 외동딸을 통학시키기 위해서 무리한 노동을 계속하다가 결국 남편의 뒤를 따라가고 말았던 것이다. 그때 그녀는 여학교를 그만두었다. 그리고 고아로 살아가게 되었다.

지금도 그녀는 미약하게나마 부모님의 얼굴을 기억하고 있었다. 그리고 아버지나 어머니가 살아계셨던 그 시절을 정말로 그리워하며 떠나간 지난날의 꿈을 추억하듯이 얘기했다.

그로부터 에미코는 어떤 친척에게 인도되었지만 그 집의 부부가 매우 사악한 사람들이어서 그녀를 노예처럼 부려먹었으며 그녀의 어머니가 그녀를 위해 남겨둔 꽤 많은 돈을 빼앗기 위해, 그녀가 18세가 되된 작년에 그 부부는 마치 그날을 기다렸다는 듯이 그녀를 창기로 팔아버리려 했던 것이다. 더 이상 참을 수 없게 된 그녀는 분노와 절망에 빠져 슬픈 자기 운명을 탄식하면서, 좋았던 옛날을 그리며 얼마 안 되는 돈을 가지고 그 집을 뛰쳐나와 경성(京城)으로 오게 된 것이다.

경성에 오긴 했지만 아직 세상 물정을 모르는 어린 여자아이일 뿐이었다. 동쪽을 봐도 서쪽을 봐도 모르는 사람 천지였다. 경성역 앞에서 혼자 초연하게 배회하는 그녀의 모습은 매우 처량해보였을 것이다. 소심해진 그녀는 마냥 울고 싶은 기분이었다.

이윽고 해가 뉘엿뉘엿 기울었다. 그녀의 배후에는 날카롭게 눈을 번뜩이며 바라보고 있는 수상한 남자가 서성이고 있었다. 과연 어디로 가면 좋을 것인가. 갈 곳은 모른다. 하지만 이 이상 여기에 있으면 위험했다. 뒤에 있는 남자가 무서워졌다. 지금이라도 성큼성큼 다가와 굵은 팔로 그녀를 잡아끌어 어디론가 데려갈 것만 같았다. 한시라도 빨리 밝은 곳으로 가지 않으면 안 된다. 그녀는 터벅터벅 남대문 거리를 걸어갔다. 뒤에서 그 남자가 따라오고 있었다. 필사적이 되어 – 하지만 머리가 좋은 그녀는 겨우 그 남자로부터 달아나 그 밤은 에이라쿠정(永樂町)¹⁾에 있는 여관에 머물렀다.

---

1) 지금의 서울시 중구 저동 1가를 가리킴.

어쨌든 적당한 일할 곳을 찾지 않으면 안 된다. 그녀는 경성에서 직장을 구할 것을 결심하고 부산을 뛰쳐나온 것이니까.

그녀는 신문에 있는 직업 안내란을 찾아보면서 다음날부터 직장을 구하러 돌아다녔지만 적당한 곳을 찾을 수 없었다. 여학교 2학년 중퇴 정도의 학식을 가진 그녀에게는 마땅한 일이 적었다. 그래서 대부분은 그녀가 동정할 만한 처지라고 생각하지만, 손이 많이 갈 것을 염려하여 이러한 이유로 그녀를 고용하는 것을 피했다. 결국 그녀가 고독하기 때문에, 의지할 곳이 없는 몸이기 때문에, 보증인이 없기 때문에 그녀의 구직을 거절한 것이다.

그렇게 그들은 불행한 그녀를 동정하거나, 그런 그녀를 구해줄 의무가 있다고 강조하면서도 결국 돌봐주거나 구해주는 일은 없는 것이 사회 일반의 모습이기도 했다. 그렇게 동정을 하면서도 실제로는 어떤 구실을 붙여 자기의 책임을 회피하려고 하는 것이 사람들의 방식이었다.

스무 날이 지났다. 가져온 돈은 거의 바닥나 버렸다. 의지할 사람도 없는 그녀는 언젠가 눈에 들어왔던 구인광고 - 거기에는 '여급 구인'이라고 적혀있었다 - 를 떠올리고 여급 - 그것은 사람들이 그저 경박한 여자, 성질이 나쁜 여자라고 비난하는 직업이며 그녀도 절대 하지 않으리라고 생각했던 일이기도 하다 - 으로라도 일

해야겠다고 결심했다. 그렇게 카페 R에서 일하게 된 것이다.

그 사이 그녀는 몇 번이고 자해하려고 했다. 밤늦게 한강 다리에서 서성인 적도 있다. 그리고 행복했던 과거에 비해 대단히 불행한 현재를 생각하며 울었다. 또한 어떤 때는 밤늦게 철도 선로를 방황했던 적도 있었다.

"역시 나는 마음에 병이 있는 것 같아요. 그도 그럴 것이 죽는 것이 무서워서 도망치듯 집으로 돌아갔던 걸요⋯⋯."

마지막으로 그녀는 이렇게 말하고 쓸쓸하게 웃었다.

그녀는 야마토정(大和町)[2] 근처에서 하숙을 하고 있는 모양이었다. 그리고 그곳이 매우 위험하므로 다른 좋은 장소가 있는지 물색하는 중이라고 했다. 그렇게 에미코는 도시오의 하숙집으로 거처를 옮기게 되었다. 도시오의 옆방이 비어있었기에 그녀는 그 방을 빌리게 되었다.

여름방학이 도래했다. 도시오는 이번 여름방학도 고향에 돌아가지 않기로 했다. 어느 날 저녁, 하숙집에 돌아오니 아버지인 준조(順造)로부터 편지가 도착해 있었다. 거기에는 좋은 혼담이 들어왔으니 시급히 돌아오라는 말이 장황하게 적혀있었다. 상대 여자를

---

2) 지금의 서울시 중구 필동 1가를 가리킴.

대단히 칭찬하고 있었다. 그 상대 여자라고 말할 것 같으면 가나자와(金澤)에서 평판이 자자한 부호 이시다(石田)가문의 올해 여학교 4학년생이 되는 영애 미요코(美代子)[3]였다. 돈을 밝히는 아버지가 잴 것도 없이 승낙한 것은 두말할 것도 없었다. 이시다 집안은 준조가 자주 왕래하던 곳이었다. 그리고 작년 여름 이시다 가문의 가장 료조(良莊)와 미요코가 금강산 여행을 위해 조선에 방문했을 때, 도시오는 준조의 명령으로 이시다 부녀를 2주 정도 안내한 적이 있었다. 그때 도시오가 료조의 눈에 들었던 모양이다. 또한 미요코의 마음에도 들었던 모양이지만 도시오는 미요코를 그렇게 좋아하지는 않았고 게다가 그에게는 굳게 장래를 약속한 에미코 양도 존재했다. 도시오는 그 연담을 거절했다. 어차피 조만간 알게 될 일이었으니 자신에게는 마음을 허락한 여성이 있다는 사실도 같이 적어 보냈다.

그로부터 십여 일이 지나자 준조가 경성을 찾아오겠다는 뜻을 밝혔다.

도시오가 수학을 위해 고향 가나자와를 뒤로 하고 멀리 조선 땅으로 넘어온 지 벌써 4년이 되었다. 첫 여름방학과 봄방학, 두

---

3) 뒤에서는 이름이 아키코(秋子)로 표기되며, 필자의 오식으로 보인다.

번만 도시오는 고향에 돌아갔을 뿐이었다. 그 이후 거의 3년 동안 그는 한 번도 고향의 땅을 밟은 적이 없었다.

도시오가 처음 고향에 돌아왔을 때에도 그는 별로 집에 들어가고 싶지 않았다. 더욱이 부모나 동생의 얼굴을 보고 싶다고는 생각조차 들지 않았다. 뿐만 아니라 아버지의 얼굴을 대하는 것에 대단한 혐오감을 품고 있었다. 단지 아버지를 떠올리기만 해도 그는 매우 불쾌감을 금할 수 없었다. 그는 어렸을 때부터 아버지가 너무나 싫었다. 그리고 나이를 먹으면서 그 정도가 심해질 따름이었다.

그것은 그가 하쿠센(白線)4) 생활을 보내게 된 첫 여름방학 때였다. 두 번째 맞이한 방학이었다. 그는 그때 스스로에게 일종의 긍지를 품고 있었다. 가나자와는 뭐라고 해도 도시오가 이십 년간 자란 땅이었다. 그리운 고향이었다. 그 고향이, 가나자와 전경이 거부할 수 없는 매력으로 그에게 다가왔다. 그는 어쩐지 가나자와에 돌아가 보고 싶었다. 산 한 봉우리, 한 줄기의 강, 하나의 동네, 길, 집, 사람 등 모두가 그에게는 마냥 그리웠다. 오히려 들뜬 기분으로 일종의 자랑스러움마저 느끼며 도시오는 가나자와로 돌아갔다. 아버지도 기뻐하며 맞아주었다. 어머니도, 동생도……

---

4) 하쿠센 모자를 쓴 사람이라는 뜻. 즉, 당시의 구제고등학교 학생이나 제국대학 예과 학생들을 가리킨다.

사나흘이 즐거운 꿈결처럼 흘러갔다.

일주일, 이주일, 준조의 맹렬한 간섭이 시작되었다. 근본적으로
사상이 다른 준조와 도시오 사이에는 의견이 일치할 날이 없었다.
준조가 말하는 것 모두가 도시오의 마음에 들지 않았다. 그것은
준조 쪽도 마찬가지였다.

도시오는 아주 불쾌한 기분이 들었다. 신경쇠약에 걸릴 지경이
었다. 준조에 대한 반항심 때문에 화내는 나날을 보내다 방학이
끝날 때쯤이 되자 해방감을 느끼며 그는 경성으로 돌아왔다. 처음
두 번의 방학을 그렇게 보낸 도시오의 마음은 결국 준조를 밀어내
고 말았다. 고향이라는 의미 깊은 장소도 도시오에게 있어서 아버
지의 반감을 용해시켜줄 정도의 힘은 가지고 있지 않았다. 그로부
터 여름방학이 와도, 겨울방학이 와도, 봄방학이 찾아와도 도시오
는 고향에 돌아가는 일은 없었다. 가끔 돌아가 볼까, 하는 생각이
들어도 곧바로 준조라는 존재에 의해 그 기분이 싹 사라졌다.

여기서 나는 준조라는 남자, 즉 도시오의 아버지의 성격, 사고
방식 등에 대해 조금 적어보려 한다.

준조는 아이를 단지 자기의 소유물처럼 생각하는 남자였다. 아
니, 가축이나 노예처럼 생각하고 있었다고 해도 과언이 아니었다.

부모의 자식에 대한 권리는 절대적이었으며, 자식은 부모에 대해 절대적으로 복종해야 하는 의무가 있고, 자식은 부모에 대해 어떠한 이유가 있다 하더라도 반대해서는 안 된다고 하는 생각을 가지고 있었다. 부모는 자식을 자기 마음대로 다루어도 되고 자신의 이익을 위해 자식을 다루지 않으면 손해이며, 그것은 부모의 특권이라고까지 생각하고 있었다.

자식이 자유라든지 평등이라든지 주장하면 – 그것이 어떠한 정당한 이유가 있다 하더라도 – 그는 곧바로 다음과 같은 말을 하며 – 오늘날 많은 부모들이 하는 바와 같이 – 일축해버리는 것이었다.

"요새 젊은 것들은 입만 살아서 변명만 늘어놓고 부모가 하는 말은 듣지 않아. 경험도 부족한 코찔찔이가 뭘 안다고. 대체 공부를 시켜주면 지 잘난 줄만 알고 으쓱해져서 부모의 은혜도 잊어버리고 마니……."

또 시종일관 다음과 같은 말을 하는 것이다.

"차라리 자식 따위 학교에 보내지 않는 게 좋아. 대신에 실컷 일을 부려먹는 것이 낫다. 그게 훨씬 이득이야……."

그는 학문을 단지 돈벌이의 도구, 출세의 도구, 나아가서는 부모의 안락한 삶을 위한 도구라고 주장했다. 그의 이러한 생각에 학문이 부합할 경우, 그는 학문을 칭찬했다. 말하자면 그는 자기의 이익이 될 때만 그것을 깊게 생각하는 경향이 있었다. 그는 손익을 고려하여 모든 것을 결정하려는 남자였다.

그는 자신의 자식을, 즉 도시오를 자신의 생각에 부합하는 학문을 시키려고 학교에 보낸 것이다. 그리고 자신의 이익을 위해서, 자신의 명예욕을 – 또는 명예, 또 어떤 의미에서는 권력까지도 포함하여 – 만족시키려 하였다.

그는 또한 자신의 아이를 자유자재로 다루는 인간을 치켜세웠다. 그 인간의 조건에는 아버지의 철저한 간섭과 엄중한 감독이 필수적이라고 생각했다. 아이의 자유 따위는 털 끝 하나도 인정하지 않았다. 도시오에게 있어서 준조의 철저한 간섭만큼 불쾌한 것은 없었다. 그래서 준조는 도시오를 멀리 떨어진 경성에 두는 것을 심히 불안하게 생각하고 있었다. 그리하여 준조는 시종 편지 등을 통해 도시오의 생활을 살피려 했으며, 또한 경성에 있는 지인 등을 통해 도시오의 상태를 알 수 있도록 조처하였고, 더불어 도시오에 대한 엄중한 감독을 의뢰한 상태였다.

따라서 방학 때마다 도시오에게 준조는 귀찮게 돌아오라, 돌아오라, 하고 편지를 보냈다. 더구나 도시오는 조선으로 넘어온 후로 이미 4년 동안 두 번을 빼고 3년이나 집에 돌아가지 않은 것이다. 그리고 이번 여름 방학도 돌아오지 않는다니. 준조는 도시오

를 그렇게 멀리 떨어진 도시에 보낸 것을 지금 매우 후회하고 있
었다. 준조는 안절부절 못했다. 화가 났다. 그가 아무리 장문의 편
지를 써 보내도 얼마나 열심히 설득해보려 해도 아무런 성과가 없
음을 분해했다. 자기 자식은, 도시오는 매우 먼 곳에 살고 있기 때
문에 부모가 어찌할 수 없는 것이라고 생각하여, 점점 부모를, 자
신을 조소하게 된 것이리라. 그런 생각이 들자 준조는 가만히 있
을 수가 없었다.

그 와중에 그가 가장 바라마지 않았던 아키코(秋子)[5]와의 결혼
을 거절해왔다. 그리고 도시오에게는 다른 마음에 둔 여자가 있다
고 답신이 왔다. 아들의 자기 멋대로인 행동을 인정할 수 없는 그
는 자유결혼, 연애 등을 머릿속에서 배제한 사람이었다. 더욱이
상대여자는 미천한 여급이라고 하였다. 부모도 재산도 없이 의지
할 곳도 없는 몸이라고도 했다. 이 사실은 준조가 경성에 있는 친
구들에게 부탁하여 알게 된 결과였다. 이미 잠시도 놓아둘 수 없
는 일이었다. 불처럼 성난 준조는 바로 경성에 방문하기로 했다.
수일 후 준조가 찾아왔다. 그날부터 준조는 도시오의 방에 기거하
게 되었다.

---

5) 앞에 등장했던 미요코(美代子)의 오기(誤記)로 보인다. 이후 원문에서는 아키코
로 일관해 표기되고 있다.

준조가 자신이 사랑하는 도시오의 아버지였기에, 그의 마음을 움직이려고 한 이상, 그의 마음에 들려고 생각한 이상 자신의 괴로움과 불행함을 숨기며 준조를 대하려고 했던 에미코의 상냥한 대우나 마음을 담은 인사도, 준조의 – 사리사욕에 맹목적이며, 카페 여급을 일개 미천한 직업으로 비난하는 구시대적인 편견을 가진 그의 – 반감을 부추기는 것에 지나지 않았다.

그리고 준조와 도시오는 매일 같이 도시오의 결혼 문제를 두고 말다툼을 했다. 준조는 완고하게 아키코와 결혼을 하라고 우겼고, 도시오는 어디까지나 에미코가 아니면 안 된다고 주장했다. 도시오는 준조에게 에미코의 동정적인 처지를 설명했다. 하지만 눈이 돌아간 준조의 딱딱한 얼음덩어리 같이 냉정한 마음에는 한 점의 영향도 주지 못했다. 준조의 마음을 움직일만한 것은 언제나 돈뿐이었으며, 권력이었으며, 명예였다. 그리고 그 중에서도 돈의 효과가 가장 강력했다. 도시오는 완전히 준조의 각박한 마음씨에 질려버리고 말았다.

준조는 자신의 물욕을 만족시키기 위해 어떻게든 도시오의 응낙이 필요했다. 자식은 부모에게는 절대적으로 복종해야 한다는 생각을 버리지 못한 준조는 도시오를 자유롭게 부리지 못하는 것에 대해 말할 수 없는 분노와 역정과 안타까움을 느끼면서도 도시오를 달래거나 어르거나할 수밖에 없었다. 때로는 화를 내며 어떤 수단과 방법을 가리지 않고서라도 도시오의 마음을 움직이려 했다.

이렇게 그들과 에미코와의 세 사람 사이에는 묘한 공기가 흘렀고, 그렇게 십여 일이 지났다.

도시오의 마음을 움직이는 것이 도저히 불가능한 일이라고 깨달은 준조는, 마지막으로 가장 가능성이 있는 수단을 떠올렸다 그리고 다음날 아침 가나자와의 집으로 돌아가겠다고 했다. 그날 오후 도시오가 외출했을 때, 준조는 순간 용무가 있다고 하며 에미코를 – 그날 그녀는 휴일이었기에 – 자신의 방으로 불러내었다. 약한 시간 정도 둘은 무언가를 소곤소곤 이야기하였다. 다음날 아침 준조는 집으로 떠났다. 그날 밤, 잠깐 나갔다 온다고 말하며 나간 에미코는 돌아오지 않았다.

그 다음날 아침 에미코로부터 도시오 앞으로 편지가 도착했다. 거기에는 다음과 같은 말이 적혀 있었다.

도시오 님께

아무 말 없이 나간 저를 용서하세요.

전날 밤 저는 당신의 아버지로부터 부탁을 받았습니다.

당신에게는 당신의 졸업을 손꼽아 기다리는 아키코 양이라고 하는 약혼한 따님이 있다는 것을 듣게 되었습니다.

그리고 당신의 아버지는,

우리 집안과 그 집안 간의 의리를 생각해 달라고, 부모의 입장이 되어 생각해 보아 달라고, 내게 당부하였습니다. 그리고 매우 괴로운 일이겠지만 부디 자식 놈과의 일은 오늘까지라고 생각하며 포기하고 자식 놈에게는 아무 말 없이 떠나달라고 부탁하셨습니다.

저는 그것을 받아들였습니다. 그것이 당신을 위한 일이라고 한다면……

역시 당신은 저를 데리고 살 수 있는 신분이 아니었네요.

그래서 저는 포기하겠어요. 슬픈 운명이라고 생각하며 포기하겠어요.

적고 싶은 말은 얼마든지 있지만 이제 그만두죠. 적으면 적은 만큼 슬픈 기분이 들 뿐이니까요.

당신에게는 정말로 신세를 많이 졌습니다. 저는 마음 깊은 곳으로부터 감사드리며 이 집을 떠납니다.

그러니 당신은 부디 행복하게 살아주세요.

몸 건강히 잘 지내세요.　　　안녕.

8월 24일

　　　　　　에미코로부터

"그녀는 대체 어디로 간 것일까. 내게 한 마디라도 상의해주었다면……. 아버지는 얼마나 못된 부류의 인간인가. 잘도 그런 거짓말을. 약혼? 뭐가 약혼이란 말이냐. 부모가 무엇이냐. 자식 사랑이 무엇이냐. 모두가 돈 때문이 아닌가. 욕망 때문이 아니냐! 우리들의 순수한 연애를, 사랑을 이해하지 못하는가. 그녀의 불행한 처지를 동정조차 못하는 것일까. 이게 무슨 놈의 짓인가. 얼마나 이기주의적인 짓인가. 얼마나 냉혹한 자인가. 그런 인간을 누가, 누가 부모라고 생각하느냐 말이다! 내 쪽에서 연을 끊어주지. 나는 더 이상 그러한 인간과 상종하지 않겠다. 간섭 받지 않겠어. 이제 완전히 타인이다. 완전히 타인이야!"

에미코는 어디로 갔는지, 그리고 앞으로 어떻게 할지에 대한 걱정이 도시오의 머리에 가득 차올랐다.

"그녀는 자살하지 않을까?"

그렇게 생각하면 그는 앉아있을 수도 서 있을 수도 없었다.

"살아만 있어주면 돼. 살아 있어다오!"

그는 그저 그렇게 신에게 빌 수밖에 없었다.

"그녀가 혹시 자해라도 한다면 나는 대체 어떻게 한단 말인가!"

그는 한없이 아버지가 증오스러웠다. 준조가 인생의 방해물로 보였다.

"하지만 나는 얼마나 바보 같은가. 얼마나 얼간이 같은가. 아버지가 재물을 위해 어떤 짓도 하는 인간이었음을, 나는 처음부터 알고 있지 않았는가. 나는 어째서 좀 더 신경을 쓰지 못했을까. 어젯밤 그녀는 왠지 슬픈 얼굴을 하고 있지 않았는가. 나는 어째서 그것을 놓치고 말았을까. 모두 내가 부주의한 탓이다. 내 실책이다!"

"그녀는 자살할 거야. 그녀는 분명 죽을 것이다. 나는 알고 있어! 나는 대체 어떻게 하면 좋단 말인가."

다음날 신문이 그녀의 자살을 알렸다.

도시오의 눈에서 눈물이 흘렀다. 신문을 쥔 손이 부들부들 떨렸다. 그리고 그는 신문을 갈기갈기 찢어버렸다. 그의 눈앞에 가장 먼저 떠오른 것 - 그것은 에미코의 외로워 보이는 얼굴이었을까. 쓸쓸한 그녀의 모습이었을까. 아니, 그것은 뛸 듯이 기뻐하며 이긴 듯이 큰 소리로 노래를 부르고 있을 준조의 얼굴이었다. 지금 도시오는 슬픈 그녀의 처지에 대한 동정심보다도 준조에 대한 반감으로 가득 차 있었다. 그에 대한 분함으로 가슴이 찢어질 뿐이었다. 눈물을 흘리며 그의 옆모습을 힘껏 때려주고 싶은 기분이었다.

　　그로부터 이삼 일 뒤에 나는 어떤 이로부터,

　　그 다음날 오후 일곱 시 경성역발 봉천(奉天)6)행 열차의 한 구석에 도시오처럼 보이는 청년의 고개 숙인 모습을 목격했다는 이야기를 들었다.

　　　　　　　　　　　* 京城帝國大學豫科學友會, 『淸凉』 第8號, 朝鮮印刷株式會社, 1930.

---

6) 오늘날의 중국 선양(瀋陽), 옛 만주의 봉천(奉天)을 가리킨다. 동북(東北)지방 최대의 도시로 이 지방의 정치·경제·문화·교통의 중심지이다.

경성제국대학 일본어잡지 『청량』 소설 선집

1920년대 『청량』 편

초판 1쇄 발행 2015년 6월 26일

엮고 옮긴이 김 욱

펴낸이 이대현
편집 권분옥 이소희 오정대 이태곤 문선희 박지인
디자인 이홍주 안혜진 | **마케팅** 박태훈 안현진
펴낸곳 도서출판 역락 | **등록** 303-2002-000014호(등록일 1999년 4월 19일)
주소 서울시 서초구 동광로46길 6-6(반포4동 577-25) 문창빌딩 2층(우137-807)
전화 02-3409-2058(영업부), 2060(편집부) | **팩시밀리** 02-3409-2059
이메일 youkrack@hanmail.net
역락블로그 http://blog.naver.com/youkrack3888

ISBN 979-11-5686-201-7 03830
정 가 7,000원

* 이 도서의 국립중앙도서관 출판예정도서목록(CIP)은 서지정보유통지원시스템 홈페이지(http://seoji.nl.go.kr)와
  국가자료공동목록시스템(http://www.nl.go.kr/kolisnet)에서 이용하실 수 있습니다.(CIP제어번호: CIP2015017167)